講談社文庫

初めて彼を買った日

石田衣良

JN020007

講談社

初めて彼を買った日

目次

七回目のデート

暮れていく冬空を透かす窓に、来春三十歳を迎える女の顔が浮かんでいた。

肌の色は白いほうだ。派手な顔立ちではない。若いころはモデルのような立体的な造りにあこがれ、コンプレックスもあったけれど、今ではこれも悪くないと思っている。それぞれのパーツがちいさくまとまった和顔で、なかなかバランスがいいのだ。すごい美人ではないけれど男好きする顔だと、以前のボーイフレンドにいわれたことがある。

会社をでるときに化粧は直していたので、眉《まゆ》にも目にも唇《くちびる》にもぬかりはなかった。とくに下唇のリップグロスはこってりと厚めに塗っていた。この唇は数すくないチャームポイントなのだ。目じりのこじわがすこし目立つようになったけれど、それは年だからしかたないだろう。大渕矢須子《おおふちやすこ》はエステサロンに毎月大金を注《つ》ぎこめるような身分ではなかった。製薬会社の事務職で、9《ナイン》トゥ 5《ファイブ》で働いている。

(今度のデートで、最後までいけるかな)

はめ殺しのガラス窓で人影が動いた。矢須子は思わず振りむいてしまう。待ち人ではなかった。ウエイターが銀の盆をもってとおりすぎただけだ。また視線を正面にもどした。目前には目がくらむほど光の粒が敷き詰めてあった。そこは渋谷《しぶや》で一番空に近い場所にあるバーだった。ホテルの最上階の窓際にある天空のテーブルなのだ。この高さからならば、渋谷の半分腐ったような繁華街もジオラマのように清潔に澄《す》んで見える。

(あの人はいったいどういうつもりで、わたしとつきあっているのかしら)

目のまえにおかれたガスいりのミネラルウォーターのなかで、泡が弾《はじ》けていた。ひとりで先にきて、アルコールを注文するのははしたないような気がして、こんなものを頼んでいたのだ。手のつけられていないグラスのなかを、西空に燃え残った透明な朱色の線が貫いている。

(今回でもう七回目のデートになる、このまま清い交際で終わっちゃうのかな)

矢須子の苛立《いらだ》ちも泡のように音もなく、身体《からだ》のなかで弾けていくようだった。なにせステディとしてつきあい始めて、二ヵ月になるのだ。つきあって二ヵ月でHもしないなんて、矢須子には考えられなかった。

（まったく最近の若い男の子はなにを考えているの）

笛木俊介《ふえきしゅんすけ》は医療系出版社の営業マンである。

矢須子より三歳年下の二十六歳だった。この出版不況でも矢須子の会社と同じように医療系の専門出版は景気が悪くはないらしい。いつも編集者といっしょに打ちあわせにやってくる俊介を見初《みそ》めたのは、矢須子のほうだった。編集者やデザイナーはいつもカジュアルな格好をしている。そのなかにひとりネクタイにスーツをぴしりと着こなした俊介が混ざっているのだ。スーツ姿の男性に目のない矢須子には第一印象から合格だった。世の多くの中年男性とは違って、きちんと身体の線がわかるただしいサイジングのスーツを選んでいる。簡単なことだが、誰もができるわけではないおしゃれの基本だった。

矢須子はちょうどそのころ腐れ縁の彼と別れようか、思案中だった。男性的な魅力はあったが夢見がちな人で、なにを考えたのか三十歳を越して、いきなり会社を辞めてしまったのである。社会の役にも立ち、きちんと収益もあげられる社会企業家になるという夢は耳あたりがよかったが、その夢の中身には具体性がなかった。あと何年もしんどい思いをして、この人の夢にはつきあえない。矢須子の別れの言葉は、女性らしく残酷だった。

「わたしには同じ夢は見られないし、あなたが仮に成功しても、そのときあなたのとなりにいる気もちになれない」

夢見る男というのは涙もろいのだろうか。彼は矢須子のまえで声をあげて泣いたのである。気の毒には感じたが、もう好きではなくなった男の涙は、矢須子にはただ無様なだけだった。


俊介との始まりは、ひどくスムーズだった。

矢須子の経験では始まりがなめらかな恋ほど、あとで苦労することが多い。だが、もう一度やり直すことは不可能だった。恋には始まりも終わりも、ひとつとして同じパターンはないし、パソコンのように再起動もできないのだ。

いっしょに仕事をしている同期の八神美樹《やがみみき》から、いきなりいわれたのは冬季号の編集会議のあとだった。ランチ終わりで会社にもどる途中である。

「矢須子、笛木さんのこと、気になってるでしょう」

さすがに女子アイは恐ろしかった。マエ彼と別れてから、なぜか俊介に目を奪われることが多くなっていたのだ。恋人のいないときでも、誰かしら気にかかる人をつくっておきたい。単純な女心だ。矢須子は自分では絶対周囲にそんな空気をださないように注意していたつもりである。

「わかる？　いつから気がついていたの」

美樹はにこりと笑って、横目でいった。

「この二、三回の打ちあわせで、なんとなくそんな気がしたんだ。矢須子、昔より笛木さんと目をあわせないようにしていたよね。あの人、いい感じだから、悪くないと思うけど」

普段ならすぐにアタックにかかる矢須子だが、問題点があった。

「だけど笛木さんて、今二十六歳でしょう。わたし、年下って初めてなんだ。なんだか調子が狂って、どうしたらいいか、わからなくて」

年齢の壁はいくつになっても厚かった。数歳の上下など男性の個体差にくらべたらたいしたことはないと思いながら、なぜか相手が年下であることにこだわってしまう。それはまだ自分より若い相手とつきあったことがないせいなのかもしれない。ドラマのＯＬのように胸をたたいて、美樹がいった。

「あっ、そうなんだ。わかった、まかせておいて。わたしのほうから、あたってみるよ。まずはインフォメーション集めなくちゃね」

「ちょっと待ってよ、美樹」

「だいじょうぶだよ。矢須子って、いざとなるとけっこうパンチ力あるから、きっと笛木さんもノックダウンできると思う」

そこまで話したところで、会社に到着してしまった。他の部署の社員がガラスの自動ドアに吸いこまれていく。矢須子はその会話はそこで終わったものだと思っていた。けれども美樹の動きは素早かった。

どんな手をつかったのかわからないが、その週のうちに俊介に恋人がいないこと、相手が年上でも気にしないことを調べあげてきたのだ。報告されたのは、会社のそばのカフェだった。季節外《きせつはず》れのアイスラテをのんで、美樹はいった。

「それからさ、矢須子のこと話してみたら、笛木さん以前から素敵な人だなって思っていたってさ」

どうやらこの同期は恐るべき凄腕《すごうで》だったようだ。こんなスパイがいたら、どんな機密情報も筒抜けである。男たちの秘密をあばくなど、女の手にかかればたやすいものだ。

「美樹、ありがとう。じゃあ、ここのコーヒーはわたしがおごるね」

ボーイフレンドのいない美樹は満足げにうなずいた。

「でも、その行動力、どうして自分のためにつかわないの」

美樹はかすかに頬《ほお》を染めて、眉をひそめた。

「なんでかなあ、自分のときだとなんにもできなくなるんだよねえ。不思議だなあ」

恋愛においては誰もが、きっと自分なりの得意技をもっているのだろう。美樹のそれがアシストなら、試合を決めるのは矢須子だった。けれど、簡単に見えたゲームは、そこから勝負がもつれたのである。


矢須子はガスいりの水をひと口ふくんだ。酸味がきつかった。もう渋谷の空は完全に夜の色だ。グラスの水にも紺色の冷たい空が満ちている。今週はデートの約束をしていなかった。俊介をいきなり呼びだしたのである。遅刻するかもしれないが必ずいくとメールにはあった。矢須子は大人《おとな》しくまじめな恋人を振りまわしてみたかったのだ。

初めてのデートは、銀座《ぎんざ》でヨーロッパの映画を観た。ハリウッド製のSFやアクションでなくてよかった。趣味はあうようだ。そのあと裏通りのビストロで夕食にして、日比谷《ひびや》公園を散歩した。夜のビルの谷間をおたがいに指先だけにぎって歩いた。

そのとき矢須子はひどくしあわせだった。なにかが始まる予感こそ、恋愛の一番甘い部分だ。

　銀座、六本木《ろっぽんぎ》、原宿《はらじゅく》、渋谷、そしてまた銀座。デートは都心のしゃれた繁華街を順番にめぐっていった。三回目で俊介と矢須子はキスをしている。明るいけれど人影のないメトロの連絡通路だった。別れが切なくて矢須子が無言でうつむいていると、俊介が立ちどまり素早く左右を見てから、あごの先をつまんだのだ。

「えっ」

　つぎの瞬間には、男性にしてはやわらかな唇が矢須子の唇にふれていた。じっくりとそのときを味わうひまはなかった。矢須子が男の身体を抱こうとして腕をあげたときには、さっと俊介は身体を離していたからだ。

「すみません。別れ際にそんな顔をされたら、ぼくも苦しくなって」

　矢須子は自分の唇に指でふれていた。俊介はビルボードのならぶ壁のほうをむいている。年下の男の頬は赤くなっていた。緊張している俊介がかわいらしくてたまらなくなった。矢須子はわざとすねてみた。

「どうして、キスをしてあやまるの。わたしはぜんぜんだいじょうぶ。もう一度してほしいくらいなのに」

俊介の顔にスポットライトがあたったようだった。顔をあげると彫りの深い顔立ちのなか、両方の目が眉の奥で光っている。

「ほんとうですか」

俊介がこちらに手を伸ばそうとした。全身でつぎのキスを待ったけれど、そのとき連絡通路に靴音が響いた。俊介はさっと手を引っこめ歩きだした。残念だったが、横にならんだ。矢須子はホームにつくまで俊介の指先をにぎっていた。そこから電車に乗りこむまで、もう人目のない時間はなかった。

発車のメロディにあわせて、俊介はホームで手を振ってくれたけれど、矢須子は不満だった。精いっぱいの笑顔で手を振り返しながら、矢須子は考えていたのだ。どうしてこの人は今夜は帰るなといって、この車両から引きずりおろしてくれないのだろうか。


毎週日曜日の午後、決まったようにデートが続いた。

キスは一段深くなった。抱きあって、舌と舌をからませるようになったのだ。矢須子は身体の相性はキスでわかると思っている。上手下手というより、キスをしたときの感覚であう相手か、あわない相手かはほぼ予想がつくものだ。俊介のキスはゆっくりとしていて、先をあせる感じがなく、悪くない印象だった。
キスをしながら抱きあっているとき、俊介は軽く胸にもふれてくる。服のうえから
おずおずと迷うようなふれかただ。最初はそのタッチも好印象だった。けれど、何度
デートしても俊介はキスと胸への軽い愛撫《あいぶ》以上すすむことはなかった。
たのしいデートをする。おいしい食事に軽いアルコール。映画を観たり、美術館や
博物館にいったり、たくさんおしゃべりをしたり。どのメニューも定番で文句のない
ものだったけれど、矢須子は完全には満たされなかった。もう二十九歳なのだ。この
人は女にだって、欲望があるということがわかっているのだろうか。
もうつきあって二ヵ月になる。バーにいきなり呼びだしたのも、俊介に準備する余
裕をあたえずに、はっきりと白黒をつけてしまいたかったからだ。
(あなたはほんとうにわたしのことが好きなの？　心も身体も全部ひっくるめて、わ
たしのことが好きなの?)
足元から忍びあがった切なさが、全身に広がっていくようだった。こんな状態のま
ま新しい年を迎えるのは、とてもじゃないけれど、気がすすまない。街はもうクリス
マスツリーでいっぱいなのだ。
「ごめん、待った」

男の声が頭上からふってきた。くぐもってやわらかな角のない声。矢須子が顔をあげるのと、俊介がテーブルのむかいになめらかに腰をおろすのは同時だった。ウエイターがすぐにやってくる。紺のスーツに同系色のタイを締めた俊介がいった。

「グラスワインの白を」

すぐに矢須子も続ける。

「わたしも同じのを。俊介、お腹は空いてないの？　ここのステーキサンドおいしいよ」

「いや、だいじょうぶ。残業しながら、たべてきた。コンビニのおにぎりとカップ麺《めん》だけどね」

疲れた顔が笑っていた。男のやつれた表情というのは、いつだって矢須子のストライクゾーンである。

「それよりいきなりどうしたの」

返事はいくつか用意していた。かわいらしい女から、切ない女まで。だが、矢須子が口にしたのはまるで別な返事だった。

「なにか用事がないと、デートもできないの」

困惑が顔にでていた。矢須子の気迫に押されたようだ。俊介は口ごもる。

「そんなことはないけど……いきなりだったから」

最初からあまり追いつめるのも考えものだった。矢須子は笑ってみせる。

「わがままをいってみたくなっちゃった。ごめんね」

俊介も安心したようだ。なにか事件でも起きたのかと思っていたのだろう。

「よかった。別になにもなければいいんだ」

冷えたワインが届いた。こつんとグラスをぶつけて、矢須子はいった。

「わたしたちの三ヵ月目突入と初めてのクリスマスに乾杯」

「うん、乾杯」

矢須子は窓の外に広がる渋谷の夜景に目をやった。ここで始めなければいけない。たのしいけれどだらだらとしたいつもの会話のペースにはまると、いきなり呼びだした意味がない。

「わたしは俊介のこと好きだし、いいなって思ってる。わたしたち、つきあって二ヵ月になるよね。何度もキスしたし、うえのほうもちょっとさわってくれた」

「うん、まあ……」

いつも言葉が足《た》りないのが男という生きものの不思議だった。俊介は一日の仕事を終えたあとでも、ネクタイひとつゆるんでいなかった。矢須子は四十数階から地上にダイブする思いでいった。

「でも、わたしたち、まだしてないよね。キスから先はぜんぜんすすまないし。俊介は結婚するまでそういうことはしないって決めてるの?」

あるいは女性への欲望が枯《か》れてしまっているの? ほんとうは矢須子はそうききたかった。もしかしたら、この人は最近の若い男性によくある植物化を起こしているのかもしれない。異性を必死に求める力が欠乏しているのだ。俊介は苦しげな顔をした。

「いや、そんなことはないけど」

「だったら、どうしてもっとわたしを」

求めてくれないの、抱いてくれないの。その続きを口にするには、さすがの矢須子でもアルコールが足りなかった。俊介はキスをしていても、どこかさらっとした感覚だった。ぎらぎらとこちらに迫ってくるような熱をあらわにすることはない。

そこで会話はとまってしまった。夜空にむかうふたりはただワイングラスを口に運ぶだけだった。先に動いたのは矢須子だ。

「つきあっている相手から求められないと、女はだんだんと自信がなくなってくるの。ほんとはこの人、わたしのこと好きじゃないのかな、魅力がないのかなって」

こつんと澄んだ音がした。俊介がグラスをテーブルに強くおいたのだ。

「そんなんじゃぜんぜんないよ。でも、セックスはぼくには、なんていうか」

矢須子はテーブルの俊介の手に自分のてのひらを重ねた。男の手は驚くほど厚く、なぜか震《ふる》えていた。

「だいじょうぶ、わたしはどこにもいかないから、全部話してみて」

年下の男は深く息を吸った。この人は涙ぐんでいるのだろうか。バーは暗かったが、俊介の目には妙な光がある。

「なんだかそういう場面になると落ち着けないんだ。妙に緊張してしまって、ぜんぜんたのしくない。ひとりでするほうがまだずっと気もちいいよ」

「何度か経験はあるんだよね」

「うん、何人かは。でも、ぼくとそういう関係になると、何ヵ月かして、みんな別れてしまうんだ。なぜだかしらないけど、ぼくはベッドのなかでは、ひどく神経質になって、うまくいかないんだ。ひどい子にはぼくのセックスはロボットみたいっていわれた」

機械のような行為か。この人がそんなふうにいわれることが想像もできなかった。

「ぼくも矢須ちゃんとしたかったよ。でも、そういう関係になって、また何ヵ月かでおしまいになるのが耐えられなかった。誰にでも得手不得手《えてふえて》ってあるよね。ぼくにとってセックスは呪《のろ》われたことなんだよ。したいけど、したらダメになる。セックスなんてこの世からなくなればいいのに」

矢須子はそんなことをいう男性に出会ったことがなかった。なにもいえずにいると、なにかをのみこむように笑って、俊介はいった。

「もう、いいんだ。ぼくはセックスにも恋愛にもむいてない。矢須ちゃんだって、そのうちがっかりするよ」

「そんなのわからないでしょう？」

矢須子の声は最初ひどくちいさかった。バーのなかには古典的なフォービートのジャズが流れている。ワンホーンのカルテットだ。驚いた顔をして、俊介が見ている。

「えっ、なにが」

「わたしとは試してみるまで、わからないでしょう。俊介がそんなふうに思っていたこと、これまでつきあった女の人にはちゃんと話したの」

「いや、いったことないけど」

「わたし、まえから思っていたけど、俊介っていつもすごくいい人を演じていて、ある程度以上は絶対に心を開かないよね。もっと裸《はだか》になったほうがいいんじゃないかな。ベッドのなかで裸になっているのに、心に何枚も服を着こんでいたら、セックスだってたのしくならないよ。むずかしいこと考えるまえに、素直にやらしくなっちゃえばいいのに」

俊介は口のなかでいった。

「急にそんなことをいわれても」

矢須子はぬるくなったワインの残りをのみ干《ほ》して、俊介の目を見た。ここは決めなくてはいけない。わたしの目から十分なセクシービームがでますように。矢須子は目に力をこめた。

「ねえ、俊介、わたしとしたい?」

「うん、まあ」

三歳年下の男はちいさくうなずいた。あまり気のすすまないような生返事である。失礼だと怒るゆとりはなかった。矢須子は立ちあがり、椅子の背にかけてあったバッグをとった。

「じゃあ、今から試しにいこう」

夜空に浮かぶバーのフロアを、矢須子はこれから戦場にいく兵士のように歩いていった。俊介は飼い主においていかれそうになった子犬のように、あわてて矢須子のあとを追った。

　エレベーターではうまくふたりきりになれた。もしほかの客がいるようなら、タイミングをずらし一台待ってもいいと矢須子は思っていたのだ。この高さからなら地上まではたっぷりと六十秒はかかるだろう。俊介は壁に張りつくように立っている。矢須子は男のスーツの胸に頭をもたせた。

「今からは俊介がしたいようにしていいよ。いい人でなくてもいいし、そんなことをしたら嫌われるんじゃないかって心配しなくてもいい。俊介はなにがしたいの」

　若い男は天井の隅を見あげた。

「監視カメラに見られてる」

「いいよ、好きなだけ見せてあげましょう。ねえ、なにがしたい……」

　いきなり矢須子はあごをつままれた。うえをむかされると、男の唇がおりてきた。ふれたとたんに舌で唇を割られる。自分の口のなかにある他人の舌は心地《ここち》よかった。じかに神経をこすりあわせている気分になる。

　俊介の手が矢須子の胸にふれた。シャツブラウスのうえから乳房《ちぶさ》全体をつかむように手を動かしている。まだ遠慮している動きだ。

「痛かったらいうから、もっと好きにして。めちゃくちゃでいいの」

俊介の鼻息が荒くなった。エレベーターは速度をあげて、急降下している。乱暴に先をにぎられてすこし胸が痛んだが、声を抑《おさ》えて矢須子はがまんした。その代わり手を伸ばし、俊介のパンツのまえ立てにあてた。厚い冬もののウール越しでも、男の熱が伝わってきた。男の舌が口のなかを荒らしまわっている。

急に体重がもどってきて、エレベーターが減速した。まもなくロビー階だ。ねばるように唇を離すと、俊介が頬を赤くしていった。

「このビル、二百階建てならよかったのに」

矢須子は広いロビーを突っ切るあいだも、俊介の手を離さなかった。


そのラブホテルは渋谷道玄坂《どうげんざか》の坂上にあった。ビジネスホテルのようにおおきな建物で、ホールの正面にある電飾パネルも二畳ほどのおおきさがあった。そこに虫くいで空き部屋がまぶしく点灯しているのだ。さすがに年の瀬の金曜日で、残っているのは二割もなかった。みな盛んなことだ。俊介は部屋の内装写真と休憩代金を見比べていた。

「どこでもいいよ、早くいこう」

矢須子はまたふたりでエレベーターにのりたかった。今のところ、俊介はロボットのようではまったくない。こんなに情熱的なロボットがいたら、工場の製造ラインだってきっとたのしいことだろう。

八階までのエレベーターでは、また激しいキスを続けた。俊介はブラジャーのすきまに手をいれて、乳首を探している。矢須子はその動きに協力して、指先が届きやすいように身体の位置を直してやった。ファスナーのうえから俊介のペニスをつかもうとする。その手を俊介がやわらかに払っていった。

「それはやめて。矢須ちゃんは、ぼくのさわらなくていいから」

おかしなことをいう人だなあと矢須子は思った。昔つきあった人にはいわれたのである。そこは鈍いから、手でさするときも、口でするときも、最初から全力でいくようにね。矢須子はあっさりとうなずいた。すくなくとも今夜は、俊介が好きなようにする回なのだ。

「うん、わかった。胸、きもちいいよ」

矢須子は薄暗いエレベーターのなかで、うっとりと目を閉じた。

シャワーと歯磨きにつかった時間は十分ほどだろうか。矢須子が下着をつけ直し、バスタオルをまいて浴室からでると、部屋のなかは真っ暗だった。ベッドやソファや薄型テレビはほのかに輪郭がわかるだけである。

「こっちだよ、きて」

羽毛布団《うもうぶとん》をあげて、俊介が待っている。矢須子はベッドに転《ころ》がりこんだ。暗闇のなかで俊介の身体がまぶしい熱を放っているようだった。近づいていくと、身体の形が熱でわかる。

「ぼくはなにもスポーツとかやったことなくて、あまり身体に自信がないんだ。暗くして、ごめんね」

それでさっきは性器にふれられるのを嫌ったのだろうか。矢須子は自分で湿ったバスタオルをほどいた。

「ううん、だいじょうぶ。わたしもすこしお腹が丸くなってるから、暗いのは助かるかな」

三十代に近づいて、以前よりも食事の量を減らしているのに、なぜかうっすらと腰まわりに脂肪《しぼう》がついていた。男性にもコンプレックスがあるなんて、不思議な気がした。肩と肩、腹と腹、太ももと太ももがふれあっている。抱きあうとため息が漏れてしまった。

背中では俊介の手が不器用に動いていた。ブラジャーのホックに苦戦しているようだ。矢須子は黙って自分でホックをはずした。抱き締められると、男の胸で乳房がつぶれた。

「はあ……」

今度は声がでてしまった。肌がふれているだけで、とても気もちいい。これは相性がいいのかもしれない。俊介の身体はやせて薄かったが、矢須子はとりたてて筋肉が好きというわけではなかった。それよりも肌のなめらかさが素晴らしい。女よりも緻《ち》密《みつ》に整っているようだ。

俊介は矢須子の身体中に手をふれ、口をつけていった。頭から足の先まで身体の表面を埋め尽くすように、愛撫を重ねていく。どんどん感度があがっていくようで、矢須子は声を抑えられなかった。どうしてもがまんできなくなって、矢須子は暗闇にむかっていった。

「ねえ、もうお願い、俊介をちょうだい」

俊介は矢須子の右のひざのあたりをなめている。手を伸ばしても、硬い背中にしか届かなかった。身体をねじって、愛しい男のペニスをつかもうとする。また手を払われてしまった。

「さわらなくていい」

声の調子が厳しかった。矢須子がペニスにふれるまえに、すごい勢いで動く男の手首に指先がはじかれてしまう。

(この人、ひとりでしてたんだ)

矢須子はびっくりしていた。なにもいわなかったが、身体に気配《けはい》がでたのだろうか。俊介が矢須子のひざの皿から口を離していった。

「ごめん。昔からこうして女の人の身体を全部好きなようにおもちゃにしながら、ひとりでするのが夢だったんだ」

すこし引いてしまうところはもちろんあった。だが、今夜のことが始まるまえに、自分はなんでも好きなようにしてもいいといったはずだ。精神的にも肉体的にもとても満たされているとはいいがたいけれど、年下の男が長年隠していた性癖を素直に表現してくれたのだ。それは女性である矢須子には、単純にうれしかった。

俊介があわてて続けた。

「今回はこのままいかせてほしいんだ。ぼくはすぐ二回目ができるから、そのときはちゃんと矢須ちゃんとするから。お願いだ」

懇願《こんがん》するあいだも俊介の右手はとまらないようだった。矢須子はおかしくなったが、笑い声を抑えた。ここで男心を傷つけるわけにはいかない。それにこんな形もおもしろいものだった。自分が聖なる彫像かなにかになって、男性の神官に舌で清められている気になる。ここで受けいれるか、拒否するか。矢須子はチャレンジャーで、自分の普通を人に押しつけるタイプではなかった。それが長年の夢なら、思う存分たのしんでもらおう。全身の力を抜いて、ホテルのダブルベッドでリラックスする。

「わかった。夢だったことができて、今は俊介どう？　すごく感じてる？」

若い男はがくがくと首を震わせてうなずいた。

「だったら、かんたんにいったらダメだよ。うーんとこの時間をたのしんで、長く引き延ばしてね。わたしがいいっていうまでいったらダメ。わかった？」

「矢須ちゃん、ありがとう」

男の舌が太ももで掃《は》くように動いていた。どれくらい待てば、俊介は回復するのだろう。そのときは自分の番で、思い切り好きなようにしよう。矢須子はベッドのうえで目を閉じた。暗闇のなかに残るのは、自分の肌の表面の快楽と男の荒い息だけだ。投げ捨てられた人形を頭のなかに描きながら、矢須子は太ももがいっぱいに開かれていくのを感じていた。

ひとつになるまでの時間

「もしもし、もうベッドにはいった？」

明かりを消した寝室できく妻の声は、空《から》っぽのとなりのベッドからきこえるようだった。ひどく身近で親密な声である。黒いビロードの手袋でそっと耳をなでられたように感じた。篠原倫太郎《しのはらりんたろう》は目を閉じて、携帯電話に囁《ささや》いた。

「明日の準備をして、風呂にはいって、用事は全部すんだ。そっちは荷物、まとめたの？」

がさがさと毛布のこすれる音がした。耳のなかに突風が吹きこんだようだ。

「ええ、明日は早めにお店をでて、夕方の飛行機にのるだけ」

妻の声から顔の表情を想像した。早季子《さきこ》も自分と同じようにベッドのなかで目を閉じているに違いない。ゆったりとくつろいでいるはずだ。ただこちらは東京で、むこうは札幌《さっぽろ》にいるだけのことだった。すぐとなりで話しているように声は生々しいが、八百キロ以上も離れている。倫太郎は目を閉じた顔から細く締まった首筋へ、鎖骨のつけ根から白い丘のようになだらかに流れる胸へと想像を広げていった。鎖骨《さこつ》のくぼみの浅い陰は、倫太郎が発見した妻の弱点である。

「四ヵ月ぶりね」

「もうそんなになるんだ」

妻は新しい旗艦店を開くために、北海道に長期出張に駆《か》りだされていた。働く女性のための適切な価格のシンプルで上質なファッション。早季子が働く会社は不況でも順調に業績を伸ばしているという。

「約束は守ってくれた？」

倫太郎はひやりとした。自分と会うまでの一週間、妻から自慰《じい》の禁止令がでていたのである。一昨日の夜、がまんできずに破ってしまった。

「ああ、なんとかね。今夜もあれをするの」

「……ふふふ、わたしはしたいな。倫太郎だって、したいでしょう？」

それは言葉だけのセックスで、ふたりの好きな前戯《ぜんぎ》である。おたがいの妄想を、包み隠さず言葉にする。誰もが心の底に秘めている性的なファンタジーを共有するのだ。結婚して七年になるが、ふたりのあいだにタブーはなかった。

「うん、したいね。まえの晩あれこれ話すと、つぎの日実際にするときすごく盛りあがるから」

　ふくみ笑いをして、遠方にいる妻がいった。

「ほんと、なんでかな。わたし、こんなにやらしい女じゃなかったと思うんだけど。倫太郎にあれこれ教えられちゃった」

「相性がよかったんじゃない？」

　相性は身体《からだ》の凹凸《おうとつ》にあるわけではなかった。ほんとうの相性は脳のなかにある。同じ方向性をもつ性的な想像力。それが結局はいいセックスを可能にするのだ。人は動物と違って、頭脳でセックスする。

「そうね。ふたりともやらしさを感じるツボがよく似てるものね」

　倫太郎はベッドのなかに横たわる早季子の姿を想像した。ここよりも遥かに北の街で、この瞬間暗闇のなかに浮かんでいる女の姿。なぜかイメージのなかでは、妻は裸だ。右肩の外側にある浅い色の黒子《ほくろ》と背中のくぼみに青白い煙のように浮かぶ細かな静脈を思いだした。

「例の宅配便のドライバーの話は、あれから広がっているの」

「そうね、だんだん連続大河エロドラマみたいになってきた」

その青年はまだ仕事を始めたばかりで、学生のようだという。早季子のワンルームマンションの担当で、週に二度は宅配にやってくる。

「妄想のなかでは、どこまでいってるんだ」

「ふふふ、印鑑の代わりに、わたしが口紅を塗るところまで話したのよね」

そうだった。サインでも押印《おういん》でもなく、妻はなぜかルージュを引いた唇《くちびる》で受けとりの印を残すのである。

「すると、あの人はポケットから宅配便のロゴがはいったポケットティッシュをだしてくれるの。サービスです、どうぞおつかいくださいって。わたしの手には荷物があるから困っていると、彼がティッシュを一枚抜いて、震える手でそっと唇をぬぐってくれる」

倫太郎は思わず笑ってしまった。

「玄関で、立ったまま、宅配便のドライバーがね」

「ここがチャンスだとわたしは思うの。もう胸がどきどきしてたまらないんだけど、思い切って舌をすこしだけだすんだ。口紅をぬぐってくれる彼の指はごつごつして四角くて、爪なんか十円玉くらいの厚みがあるの」

つい思いだしてしまった。早季子に指をなめられたときのことだ。左右の指と指の股《また》をていねいに舌でたどってから妻はいった。指には味がある。男の人の指はみな味が違うと。

「それで学生みたいなドライバーの指をなめるんだ」

「そう。舌を筒みたいに丸めて、太い中指をなめるの。舌をだしたり、いれたりしながら」

ベッドのなかで明日セックスする相手から、そんな言葉をきくのはたいへんなスリルだった。この会話を分けあっているのは世界にふたりだけで、イメージはどこまでも自由だ。倫太郎のペニスはパジャマのなかで半分硬直している。

「でも、いきなり指をなめられたら、相手だってびっくりして、引かないか」

「そのへんは妄想だからいいの。逆に、彼はすぐその気になって、わたしの口のなかを指であれこれ探ったりする。なかなかHのセンスがいいドライバーなんだ」

わずかな嫉妬《しっと》と激しい興奮を感じた。倫太郎の声はかすれてしまう。

「そうなんだ」

「でね、彼はいうの。その箱の中身はなんですか、奥さん。見せてください」

「そういえば、荷物を受けとったままだったね」

早季子の声も熱をもってざらざらに荒れている。

「中身はね、あなたが送ってくれたセクシーなランジェリーなの。ショーツのクロッチは割れていて、ブラは四分の一カップくらいしかないやつ。わたしは開けさせないように抵抗するんだけど、無理やり薄い段ボールはちぎられてしまう」

宅配便で送ったことはないけれど、結婚前いっしょにランジェリーショップにいき、輸入物の下着を選んだことはあった。あれはたのしいデートだった。また試してもいいかもしれない。

「ちょっと待って、そのあいだずっと早季子は彼の指をなめてるんだよね」

妻が暗闇のなかで華やかに笑った。

「そう。ダメダメっていいながら、ずっとなめてる。もう中指だけでなく薬指もいっしょにね。わたしの口のまわりは唾液《だえき》と口紅でべとべとなの」

「やらしいな、早季子」

「やらしいのは嫌い？」

ほとんどの女性は甘えるのが苦手だが、早季子は上手に甘えて見せた。妻の好きなところのひとつである。

「嫌いじゃないよ。それで、どうなるの」

「彼は部屋にあがって、奥のリビングにむかう。肉体労働をしている男の汗のにおいがする。彼は人差し指と中指でわたしの舌をつまんで、引っ張っていくの。わたしは胸にあなたからプレゼントされた下着を抱えて、これからどうなるんだろうかと思いながらついていくんだ」

倫太郎はちいさく唾《つば》をのんだ。なぜ、女性の性的なファンタジーは行為に移るまでのアプローチがこれほど長く細密なのだろうか。具体的な肉体の接触よりも、そこまでの関係や状況に無闇に想像力をつかうのだ。

「彼はソファに座って、いうの。その下着に目のまえで着替えて見せろって」

「早季子はどんな格好《かっこう》してるの」

「いつものジーンズに、カットソー。うちのブランドのやつね」

倫太郎は札幌の部屋にあるソファを思いだした。サンドベージュのふわふわと頼りないかけ心地のソファだ。去年の夏はあそこでセックスしている。

「彼はソファに足を直角に開いて座ってる。作業ズボンに手をやって、布越しにペニスをつかんで。早く着替えろ、のろのろするなって命令するの」

早季子は肉体的に乱暴なのは好みではないが、荒々しい言葉づかいは好きだった。妄想のなかでも実際のベッドと同じ傾向がでるようだ。

「わたしはジーンズを脱いで、彼のまえに立つ。想像だから、実際よりもだいぶスタイルがいいかな。もうペネロペ・クルスみたいなの。カットソーのなかでブラをはずそうとすると彼はいう。ちゃんとうえを脱いでから、替えろって」

きっと自分も同じことをいうだろうと思った。女たちはあんなにきれいな乳房をもっているのに、なぜもぞもぞとセーターやトレーナーを着たままブラをとるのだろうか。

「わたしはいわれたとおりにするの。裸でいるよりも恥ずかしいランジェリーを着て、彼のまえに立っている。乳首やしたの毛を隠そうとすると彼に怒られるので、しかたなく両手をうしろで組んで」

うつむいて全身を紅潮させている妻の裸身が目に浮かぶようだった。

「ランジェリーは何色なの」

「うーん、それは迷ってる。淡いバイオレットか、くすんだピンクかな」

「いいね、それすごく」

「わたしはもう恥ずかしくて、彼のほうに顔をむけることもできない。身体は直火《じかび》にあてられたように熱くなっている。問題なのはまだ指一本ふれられていないのに、わたしが濡《ぬ》れてることなの。薄っぺらなレースのショーツがあそこにぺたりと張りついてる。彼に気づかれないか、気が気じゃないんだ」

「早季子はそういうとき、もじもじ太ももをこすりあわせるよ。ひどいときは腰をつかってるな」

照れたように妻がいった。

「だって、どうしてもがまんできないんだもん」

「それから、どうするの」

「彼はひどく冷静な声で、命令するの。これをなめろって」

そこはだいたい予想がついていた。早季子はプライドは高いのだが、性的な局面では命令されるのが好きだ。

「わたしがソファにまっすぐいこうとすると、怒られるの。手をついて這《は》ってこいって」

「で、早季子はよろこんで、犬みたいに這っていく」

「そうなの。でも、ワンちゃんみたいな格好をするのは、ちょっとうれしいんだ。そのときにはわたしはめちゃくちゃに濡れてるから、太もものあいだに垂《た》れちゃってる。這ってれば、彼に見られないですむでしょう」

思わず笑い声をあげそうになった。妄想のなかで、そんなことまで考えつくす妻がかわいかった。

「へえ。自分でそれがわかってるとしたら、そのままずぐにフェラはできないね」

早季子の声が甘くねじれた。

「やっぱり倫太郎もそう思う？」

「早季子が札幌にいってから、ずいぶん話したからね。それくらいわかるよ。でも、出張がなかったら、こんなに秘密の話をしなかったかもしれないな。離ればなれにもいいことはあるね」

「そうだよね、身体だけじゃなくて頭のなかまで全部さらしちゃったからなあ。ほんとに恥ずかしいな」

身体よりもお互いの心をさらすこと。ほんとうのセックスはそこから始まるのかもしれない。

「それで理想的な彼はつぎはどんな命令をするの」

「そのままの格好で、お尻をこっちにむけろって。太ももまで濡らしてるのを見せなくちゃいけないの」

倫太郎にはそこが不思議だった。なぜ濡れている状態が女性たちは恥ずかしいのだろうか。男性の硬直したペニスと変わらないのに。男のものはよくて、女のものは悪いという理屈はないだろう。

「四角くてごつごつした指だったよね。早季子はいつさわられるのかずっと期待して待ってるのに、なにもされないから、もっと濡れてくる。つぎはそんな感じだよね」

「そうね。でも、しばらくすると彼の声がする。奥まで見せてもらったから、今度はなめてくれって」

「至れり尽くせりのご主人さまだな」

「わたしは這ったまま、ソファに座る彼の作業ズボンのファスナーを開ける。で、なかから硬くなったのをとりだすんだけど、それがすごく不思議なの」

ひどく変わった形でもしているのだろうか。倫太郎はクランクのように折れ曲がったペニスを想像した。

「なかからでてきたのは、倫太郎のおちんちんなんだ。それまでは宅配便の運転手だったのに。顔をあげてみると、あなたが座ってる」

そんなふうに告白されて、倫太郎の胸は躍った。わざと冷たくいってみる。

「そのサプライズはがっかりなの、それともうれしいの」

「ふふ、それがね、すっごくうれしいの。ねえ、倫太郎、いってほしい台詞《せりふ》があるんだけど、いいかな」

「別にいいけど」

「妄想のなかのあなたは、宅配便の制服にキャップをかぶって、にこりと笑って、こういうの。やあ、ぼくだよ」

長電話のせいで、ベッドが熱をもっていた。倫太郎は寝返りを打ってから、できるだけ二枚目の声をだした。

「やあ、ぼくだよ……こんな感じかな」

「ちょっと意識しすぎかな。でも、そんな感じ」

「で、早季子はいつもみたいに遠くからなめ始める？」

「そう、先のほうをくわえるまえになるべくじらしたいから」

妻の口の感触を思いだした。頭のなかではなく、濡れた感触をペニスに感じる。倫太郎の声が一気に切なくなった。

「今、ぼくのはかちかちになってる」

「いいなあ、それなめたい」

「早季子はどうなってるの」

「わたしはもうさっきからびしょびしょ」

「ぼくもそれなめたい」

「ダメ」

早季子は口での愛撫《あいぶ》が嫌いである。酔っ払ったとき、たまに許可してくれるだけだった。

「ふー、こんなに切ないのに、なんにもできないんだな。ぼくは東京にいて、早季子は札幌だ」

「切ないのはわたしも同じよ。でも、約束だからね。絶対にひとりでしたらダメだよ。明日はうんと濃くなくちゃ嫌だから」

「わかってる」

倫太郎はベッドサイドの目覚まし時計に目をやった。もうすぐ深夜の一時だ。そろそろ眠る時間だった。

「なんだか拷問《ごうもん》みたいだな。ひどい生殺《なまごろ》しだ」

「わたしも、電話のあとでいつももやもやして、なかなか寝られないんだ。今、あなたに抱いてほしくてたまらない」

「ぼくも早季子がほしいよ。でも、明日の夜にはいっしょだから」

「そうね。あと十八時間後には、あなたと羽田《はねだ》空港で会える」

「わかってる。もう待ち切れないよ。おやすみ」

「おやすみなさい。わたしはティッシュでふいてから寝るね。一枚じゃ足《た》らないかも。じゃあ、明日ね」

通話は切れた。寝室に夜の静けさがもどってくる。倫太郎は昔読んだ哲学者の言葉を思いだしていた。これから性交をおこなうことが定まっているそのときまでの時間を、その哲学者は特別な時間で、ほんものの「経験」だとしていた。経験とは人間が自分のなかに生まれたある特定の事態に基づいて、自由を具体的に直感する場所にほかならないという。まわりくどいが、さすがにうまいことをいうものだ。

セックスに捕らわれ、相手に縛《しば》られ、妄想の道具にされる。本来なら不自由の極みのはずなのに、心は十八時間後にむかって矢のように飛んでいた。自分から熱烈に不自由を望む。その状態のなかにセックスの自由はある。

倫太郎は携帯電話を胸に抱いたまま、夢さえはいるすきのない眠りについた。

私立中学校の国語教師が、倫太郎の職業だった。子どもたちはかわいいが、仕事は生活のための金銭を得る労働だと、割り切って考えている。その日は授業で論説文や小説や詩を読んでも、まったく心がはいらなかった。十年以上教師の仕事をしているので、スイッチがはいればいつの間にか五十分間は自動的に話ができてしまう。子どもたちには気の毒だが、たまには自動操縦にしなければ、身体がもたないのも確かだった。教師の仕事は激務である。放課後はいつもなら九時くらいまで残業をするのだが、仕事をもち帰ることにして、六時に学校をでた。

小型のドイツ車で、渋滞が始まった夕刻の道を羽田空港にむかう。倫太郎はきちんと論理のある製品が好きなのだ。走るための機能以外は無駄を削ぎ落とした車だった。これから性交するのが確定している時間。腰の奥にちいさな熱を放つ球があって、そこが心臓にあわせてはずんでいるようだ。横断歩道や信号やまえを走る小型トラック、すべてが性的な色彩を帯びているように見えた。

空港の駐車場に車をとめ、到着ゲートのまえに立ったのはちょうど夜七時だった。気流の関係で、札幌発の飛行機は五分ほど定刻より遅れるという。もうすこし余計に早季子を待てる。それが好ましかった。

日本の四割ほどの夫婦はセックスレスだという。だが、逆に考えれば六割の夫婦がきちんとセックスをしているのだ。そのうちの多くは、自分たちと同じように単純な行為から無限のバリエーションを生みだし、セックスをたのしんでいるに違いない。今夜、この東京でどれほどの数のエクスタシーの火花が飛ぶのだろうか。あの快楽で発電が可能なら、無数のフラッシュが脈動しながら首都を照らすことだろう。

ひとり性的な夢想にふけっていると、開いたままのゲートを抜けて、早季子があらわれた。自社ブランドの春のワンピースを着ている。おおきなショルダーバッグをひとつ肩にかけ、手には同じラインのセカンドバッグをさげている。

早季子は夫をなにかまぶしいものでも見るように目を細めて見た。

「おかえり、早季ちゃん」

なかなか妻は目をあわせようとしなかった。

「ただいま」

倫太郎はさっと荷物をとった。

「外国映画なら、こういうときには派手に抱きあったりするんだろうな。どうしたの」

頰を軽く赤らめて、妻がさっと盗むように倫太郎と目をあわせた。

「そんなの絶対無理」

「どうして」

「だって、そんなことしたら、わたし我慢できずに到着ゲートのまえでも、してほしくなっちゃうもの」

昨夜はあれほどあからさまなファンタジーを語っていたのに、いざ顔をあわせるとひどく恥ずかしがるのが、なんだか愉快だった。妻をかわいいと思うのは、こんなときである。倫太郎は多くの旅行者がゆきかうコンコースを歩き始めた。

「うちに帰ってからだと面倒だから、空港のなかで晩飯にしよう」

エスカレーターを先にあがった倫太郎のジャケットの裾《すそ》を、早季子がつまむようににぎった。夕食はあまり食欲がないという早季子にあわせて寿司にした。カウンターで身体を寄せて、妻がいった。

「早くうちに帰りたいな。わたし、今日は味なんてよくわからないかもしれない」

白木のカウンターのしたで、倫太郎のペニスに血液が流れこんだ。

「ぼくもだ。昨日の夜は苦しかった。早季ちゃんはよく眠れた？」

早季子は耳元で囁く。

「もうずーっと、やらしいことばかり考えちゃった。四ヵ月ぶりに会うのに、寝不足で目のしたにくまができていたら嫌だなあ。そう思ったけど、ぜんぜん眠れなかった。起きたら、ショーツばりばりだ……」

板前が最初のにぎりをふたりのまえにおいて去っていった。コハダとヒラメ。一貫ずつ交換する。早季子がいった。

「あー、もうダメだ。ごはんより、早く抱いてほしい」

あからさまな言葉に、国語教師の倫太郎は弱かった。ペニスはほぼ完全に充実してしまう。もう寿司をつまむのも面倒である。まとめて注文して、さっさと帰ろう。

「ぼくもだ。早季子がほしい。急いでたべるよ」


駐車場にでると、春の夜だった。生あたたかい風が、手をつないで歩くふたりのあいだを抜けていく。車にのりこむと、シートベルトを締めようとした早季子のあごをつまんだ。こちらに顔をむけさせ、キスをする。倫太郎はふれるだけの軽いキスのつもりだった。早季子の舌が先に動いて、夫の唇を割った。全身をぶつけるように運転席に身体を預けてくる。そのまま舌をからめる激しいキスになった。倫太郎はワンピースの襟《えり》ぐりから手をいれて妻の胸にじかにふれた。早季子はコットンパンツのうえから硬直したペニスをつかんでいた。狭い車内はふたりの荒い息で埋まっている。どれくらいキスをしていたのか、自分でもわからなかった。ようやく唇を離すと、倫太郎はいった。

「すごかったな、今のキス。あやうくいっちゃいそうになった」

早季子はワンピースの乱れを直している。かちりとシートベルトを締めると、サンバイザーの裏についたミラーで、崩れた化粧を確かめた。

「早く帰りましょう。もうお願いだから、わたしにさわらないで。ほんとに苦しくて、たまらないんだから」

羽田空港から駒沢《こまざわ》公園にあるふたりのマンションまでは、高速道路を使用しても四十分ほどかかった。車中で早季子はずっと夫に身体を寄せていた。手はペニスのうえにおかれている。

「不思議ね。よく夫婦は倦怠期《けんたいき》があるっていうでしょう。でも、わたしは七年もたって、今が最高にあなたのことが好きになっている。セックスだって、若いころ想像していたより何千倍もいいの」

首都高の段差がリズミカルに車を揺らしていた。バックミラーで周囲の車両の流れを確認しながら、倫太郎は片手で妻の肩を抱いた。

「ぼくも今のほうがずっといいと思う。ゆっくりと味わえるし、早季ちゃんの反応がすごいから毎回感心する」

早季子は額《ひたい》を夫の胸にぐりぐりと押しあてた。

「だって、ほんとにすごすぎるんだもん。わたしね、若いころはけっこう簡単に男の人と寝てたんだ。セックスなんて、そんなにもったいつけるほどたいしたものじゃない。そんなふうに思っていた。でも、今は違うの」

妻の肩を抱いた腕に力をこめて、倫太郎はいった。

「わかるよ。みんな、セックスなんて誰としても同じだっていうんだ。ぱっとしないカフェの昼の定食みたいに」

「そうね、ほんとうはすごいご馳走《ちそう》で、生きていくためになくてはならない栄養なのにね。今のわたしは倫太郎としかしたくないの。自分でも不安になるくらい倫太郎が好き」

妻の声の調子に驚いて目をやった。ちょうどそのとき早季子の目から、ひと粒涙がこぼれ落ちた。あわてて涙をぬぐうと、早季子は顔を隠してしまう。泣き笑いの声でいった。

「でも、こんなのよくないよね。泣きたいくらい好きになったら、あとがたいへんだもん。なんだか、わたしのほうが負けてるみたいだし」

倫太郎は妻の涙よりも、言葉に心を動かされていた。なにかをいおうとしたが、なにもいえずに黙って薄い肩をなで続けた。

マンションの地下駐車場に車をとめて、エレベーターでうえにあがった。ふたりとも欲望に酔ったようだった。車をおりるまえにキスして、エレベーターのなかでキスして、共用の外廊下でも人影がないことを確かめてキスをした。

倫太郎のペニスは痛いほど硬直している。早季子もショーツの底が重く感じられるほど濡れていた。玄関の鍵を開け、まっすぐに奥のリビングにむかった。明かりはつけない。火のついた服でも脱ぐように、倫太郎と早季子は手早く裸になった。

「もう、ほんとに我慢できないよ」

早季子が泣きそうな顔でソファに倒れこんだ。夫にむかって腕と脚を開いていた。倫太郎は最後に靴下を脱いで、早季子に重なった。なんの抵抗もなくペニスが妻の身体のなかに収められていく。本来の場所に帰ってきたような気がした。最初に早季子の奥に着くまえに、倫太郎はちいさく叫んでいた。

「ダメだ。もうぜんぜん我慢できない」

夫の腰をしっかりと抱き締めて早季子も叫んだ。

「わたしもいくよ。いっしょに……」

倫太郎と早季子のその夜最初のエクスタシーは、いつまでも消えない花火のように夜のリビングに高々とあがった。そのあとふたりは裸のまま親密に言葉を交わし、またセックスすることになるだろう。入浴と夜食の合間にも何度もつながるだろう。朝方、幸福とエクスタシーで疲れ切って眠りにつくまで、ふたりは身体と言葉をつかい経験を分けあった。

遠花火

約束の時間まで、まだ二時間あった。

改札口をでて、港街の空に目をやると、夕日の黄金色《こがね》も混ざらない夏空だ。中川和《なかがわかず》也《や》は距離も高さも感じさせない淋しい青の天井《てんじょう》を見あげて決心した。

（今日こそ、紗枝《さえ》ねえにあの日のキスの理由をきこう）

和也は東京にある東大ではない国立大学の四年生だった。この不景気のなか、なんとか電機メーカーに内定を得ている。なにがあっても、いくらはじかれても、決してあきらめずにかじりつく力。就職活動はつらかったけれど、今では自信の基《もと》になっている。

（それにしても……）

紗枝ねえにあの夏の話をするのは、就職の二次面接のようにはいかなかった。会社とは違い、うまくいかなければ、それでサヨナラと縁を切るわけにはいかないのだ。

仲のいい叔母《おば》と甥《おい》という関係は、これからもずっと続けていくしかない。おかしな形でひびをいれたら、とり返しがつかないことになる。

桜木町駅《さくらぎちょう》まえからエスカレーターにのり、動く歩道でゆっくりと横浜ランドマークタワーに運ばれていった。自分が工場の製造ラインの一部にでもなった気がする。てすりのむこうには、コスモワールドの巨大な観覧車がそびえていた。この観覧車はネオンサインがついた大時計にもなっている。秒針と同じように一秒ごとに青く点灯していくネオンを眺めながら、和也は思いだしていた。

十四歳のときの初めてのキスの記憶である。

それは海辺に落ちているガラスの破片のようだ。何千回となく手にしているものだから、生きものの骨のように角は丸まっている。乾いていると白い小石に似ているが、真剣に回想するとたんに思い出は濡れて、澄《す》んでぴかぴかに光るガラス玉になる。問題なのはこの大切な思い出が、ほんとうに現在も価値あるものかということだった。それを決定するのは和也の思いこみではなく、紗枝ねえなのだ。

八年間、胸の底に秘めてきた初恋である。

それも叔母と甥という結ばれるはずのない関係だった。黙っていれば、傷つくことはないだろう。それでも、どうしても紗枝ねえに、あのやわらかな唇《くちびる》の意味はなんだったのか、きいてみたかった。あの唇は和也が生まれてからふれたもっともやわらかなものである。

あれ以降、何人かの女性とつきあったけれど、誰ひとりとして叔母ほどのやわらかさをもった人はいなかった。あれから八年。自分も成人した。就職先だって決まっている。なにかアクションを起こすのなら今だろう。

動く歩道のつなぎ目を機械のようにわたって、和也は甘美な思い出のなかに沈んでいった。


中学二年生の夏休みだった。

和也はいつもの夏のように母方の実家に遊びにきていた。母・里枝《さとえ》の生まれた家は逗子《ずし》の海岸近くにある。水着のまま玄関をでて、商店街をすこし歩けばビーチなのだ。夏休みの半分を、和也はそこですごしていた。

里枝には年の離れた妹がいた。和也からちょうどひとまわりうえの紗枝である。姉妹の性格は対照的だった。母は和也を二十一歳で生んでいる。小学校の高学年から筋金いりのヤンキーで、中学にはいると外泊はしょっちゅうだったと祖母からきかされたことがある。活発で、外交的で、誰にでもけんかを売るが、すぐに仲よしにもなる。若々しい母は自慢だったが、さすがに高校時代の男遊びの話をきくと、和也もげんなりしたのだった。

対して、妹の紗枝はまじめだった。親のいうことをきき、高卒で家を飛びだしていった姉とは逆に、横浜の大学にいき、そこで就職先を見つけていた。二十代のなかばになっても、実家から職場にかよっていたのである。

若い叔母のことを和也はおばさんと呼ばなかった。おばさんは母のように三十歳をすぎてくたびれた女性の呼びかただろう。和也はその代わり、この叔母を紗枝ねえと呼んだ。自分のほんとうの姉のようで、それが誇らしくてたまらなかったのである。

週末など叔母といっしょに逗子のビーチにいくと、男たちの視線が集中するのがわかった。派手なビキニを着た十代の娘たちにひきつけられていた男たちの注意は、叔母があらわれると磁石のように方向を変えてしまう。紗枝ねえには不思議な魅力があった。とり立てて美人でもスタイルがいいわけでもないのだが、なんでも受けいれてくれそうな母性的な雰囲気を発散している。それはいつも穏やかに笑っている表情にも、身体中《からだじゅう》のどこも丸みを帯びた体型にもあらわれていた。自分では太いと気にしている二の腕や太ももが、和也にはとてつもなく危険で好もしく見えた。

あれは夏休みのなかばのことである。紗枝ねえは失恋したらしく、一週間ほどふさぎこんでいた。いつもなら週末はデートにでかけるのだが、自分の部屋からでてこない。見かねた祖母は花火大会に誘うよう和也に命じた。最初は面倒がった紗枝ねえにも花火の熱が移ったようで、最後には浴衣《ゆかた》姿でやってきた。和也は今もあのときの浴衣を思いだすと、胸が苦しくなる。紺地《こんじ》にあざやかな紫と紅の朝顔が咲く柄だった。

湘南《しょうなん》の花火大会はどこでも同じだが、海までの道は人も車もひどい混雑になる。和也が紗枝ねえの手を初めてにぎったのは、夏の夜の暑さと人いきれのなかだった。自分の手が汗で濡れているのがはずかしかった。大人の女性の手は、中学男子の手よりもひやりと冷たくて、指もどこかやわらかで丸い。

その夜の花火のことを、和也はよく覚えていなかった。いつものように大玉があがって、スポンサーの告知があって、スターマインが夜の海になだれおちて、最後に締めの五尺玉《ごしやくだま》が連発されたことだろう。ふたりは海に注《そそ》ぐ河口の堤防に座っていた。和也はほとんどの時間、手をにぎったままとなりにいる紗枝ねえの顔を盗み見ていた。

しもぶくれというのだろうか、丸々とした頬《ほお》が花火が夜空に咲くたびに白く浮きあがる。首筋から浴衣の襟元《えりもと》に広がる肌には細かに青白い血管が走っていた。「まあ、きれい」とか、「すごい」とか声をあげる叔母のほうが、花火などよりもずっときれいだった。

長々とした花火大会が終わりに近づいたころ、紗枝ねえがいった。

「カズくん、そんなにじろじろ見たら、はずかしいよ」

自分はただの中学生である。背は紗枝ねえを追い抜いたとはいえ、大学を卒業してきちんと働いている大人の女性とは差がありすぎた。きれいなものは、見られてはずかしいことなどないのではないか。和也はびっくりして、素直な感想をいった。

「どうして、はずかしいの」

紗枝ねえは手を伸ばして、和也のあごの先をつまむと、自分にむいていた顔を夜空のほうにむかせた。

「そんなに一生懸命見られたら、誰だってはずかしいでしょう」

どんっと腹に響く音が海をたたいて、紗枝ねえが声をおおきくした。

「カズくんは好きな女の子とかガールフレンドとかいないの」

和也は首を横に振った。あこがれの人なら、となりにいる。けれど、その人には簡単に好きだとはいえなかった。

「そうなんだ、だったらキスもまだだよね」

酔っているのかもしれないと和也は思った。普段の紗枝ねえなら、そんないいかたはしない。だが、そのとき叔母はアルコールを口にしていなかった。

「だったら、思い出をあげる。絶対、里枝ちゃんには秘密だよ」

紗枝ねえの冷たい指先が伸びてきて、またあごをつままれた。夜の空から白い顔へ、むきを変えられる。背伸びするように顔を寄せてきて、唇が重なった。初めてのキスだった。女の唇は男の唇よりやわらかい。なぐりつけられたような衝撃のなか、和也はそう胸に刻《きざ》んだ。唇を離すと頬を上気させて笑い、紗枝ねえがいった。

「今のは子どものキス。つぎのも絶対、里枝ちゃんにはないしょだよ」

なにをするのだろう、初めてのキスで固まっていると、また唇が近づいてきた。やわらかな舌が小魚のように跳《は》ねて和也の唇を割ってきた。舌と舌がふれあうのは、唇とは比較にならない生々しさだった。いくらでも唾液《だえき》が湧《わ》いてくる。和也は夢中で舌を動かした。なるべくたくさんの面積で、紗枝ねえの舌に自分の舌を重ねたかったのである。

ほんの数メートルも離れれば、花火を見にきている客が無数にいるのだが、そんなことは気にならなかった。自分が一枚のしなやかに濡れる舌になった気がした。全身が紗枝ねえの甘い唾液に濡らされている。

そのキスのあとのことを、和也はいつもうまく思いだせなかった。あのあとなにを話し、どうやって家まで帰ったのだろうか。その夜はひとりきりになってから、休むことなく二度ひとりでしたことしか覚えていないのだ。紗枝ねえとはそれきりで、翌年の夏に遊びにいったときには、新しい恋人をもうつくっていた。二年後に結婚して、五年後に別れることになったあの憎らしい証券マンである。

和也がそれからつきあうことになった何人かの女性たちに、あなたはキスが好きで、上手《じょうず》ねといわれるようになったのには、きちんと理由があったのである。


ランドマークプラザは中央が吹き抜けになった巨大なショッピングモールである。和也はエスカレーターをのりついで、すべての通路を二周した。本屋やブティックや横浜らしく海のモチーフの土産物《みやげもの》をおいた店をのぞいてみたが、そこに飾られた品のなにひとつ胸に響いてこないのだった。ふたりだけで内定祝いをしてくれる紗枝ねえのことしか頭にはない。この緊張をどうしたらいいのだろうか。和也はただひたすら外光よりもまばゆいモールを歩き続けた。

約束の時間の五分まえにしゃぶしゃぶの店にはいった。自分と同世代のお運びに窓際のテーブルに案内された。かなりスタイルのいい美人だったが、雑貨屋のみなとみらいのペナントと同じくらいしか和也の胸はときめかなかった。いいのは紺地の絣《かすり》くらいのものである。まだ若すぎるし、細すぎるのだ。和也はこれまで、六歳以上うえの女性としかつきあったことはない。当然、理想はひとまわりうえだった。

「待った、カズくん。せっかくのお祝いなのに、ごめんね」

和也はまっすぐに叔母を見られなかった。離婚してから紗枝ねえは妙に胸の開いた服を着ている。ノースリーブのサマードレスは深々とV字に襟が切れこみ、静脈の浮いた乳房《ちぶさ》のふもとを丸くのぞかせている。オーガンジーというのだろうか、肌色よりも一段濃いベージュの透ける素材が二枚重ねになっていた。

生ビールが届き乾杯をすませると、紗枝ねえが和也の顔を見て不思議そうにいった。

「あのカズくんが、就職ねえ。わたしもおばさんになるはずだなあ」

裸の二の腕に目をやった。楕円《だえん》に丸いきれいな肌だった。

「おばさんとかいわないで。紗枝ねえはぜんぜん若いじゃないですか」

お運びの女性がやってきて、テーブルに銅の鍋を用意した。なぜ牛の身はこんなに赤いのだろう。

「今の子の手の甲見た？　やっぱり二十代と三十代は違うよ。わたし、最近あちこちたるんできたなあって感じるもの」

たるんできたのではなく、肉がやわらかになったのだと和也はいいたかった。だが、紗枝ねえのまえでは、肉という言葉さえつかえない。叔母は草履《ぞうり》のようなおおきさにスライスされた霜降りの山形牛を、べろりと箸《はし》でさらって湯のなかで泳がせた。脂《あぶら》が抜けると同時に肉は白く縮んでいく。湯のうえに細かな脂の粒が無数に浮かんでいた。

「さあ、どうぞ」

和也のゴマだれの椀《わん》にいれてくれた。

「ありがとう」

山形牛はとろけるようにうまかった。なぜか、あの夜の紗枝ねえの舌を思いだす。この溶《と》ける感じとやわらかさが似ているのかもしれない。

「どうしたの、カズくん。顔が赤いよ。もう酔った？」

酔ったのではなかった。また思いだしたのだ。この八年間、ひとりでするたびに思いだしていた場面と感触を、目のまえに当人をおいたまま思いだしたのだ。和也はそれが幸福なのか、不幸なのかわからなかった。ただこの時間がいつまでも続くといいと願っただけである。

最後のデザートは冷たい煎茶《せんちゃ》と柚子《ゆず》のシャーベットだった。追加した肉はほとんど和也がひとりでたべた。体重が気になるという叔母は、最初に二枚ほどたべてから、もう肉を口にしようとはしなかった。

窓の外はすっかり夜の色だった。おおきな窓ガラスいっぱいにライトアップされた横浜の街が切りとられている。紗枝ねえは頬づえをついて、窓の外に目をやった。

「そういえば、開港百五十周年のお祭りだったね。うちのマンションの屋上から、港の花火が見えるんだよ。ちょっと遠いけど、ちゃんとね」

花火のひと言で、和也の胸に火がついた。気がつくと質問していた。

「あの花火の夜、どうしてキスしたんですか」

自分の声がひどく真剣で驚いてしまった。紗枝ねえは窓をむいたまましばらく黙っていた。

「わたしが悪い人間だからじゃないかな。ごめんね、カズくん」

謝られることなどなかった。あのキスは和也の八年間を照らしてくれた灯台と同じだった。どんな女性のまえでも緊張しないのは、あのキスを経験していたおかげだ。

「彼に振られて、わたしは荒れていた。いきなりいわれたの。新しく好きな子ができて、その子は妊娠してるから、結婚するつもりだ。めちゃめちゃに傷つけられた気分だった。それで誰かを傷つけたくなったのかな。そのとき近くにカズくんがいた。悪いいたずらをしたら、こんなに純真な男の子に一生忘れられない傷をつけられる。初キスはわたしが奪ってやるなんてね」

紗枝ねえは成功したのだ。傷口は八年たった今も開いて、シロップのように甘い血を流している。

「ぼくはあの夜のこと、忘れたことないです」

声がかすれてしまった。ここでいわなければ一生後悔する。傷つくのが怖いなどといっていられなかった。二時間もくたくたになるまで歩き続けたのは、この勇気を振りしぼるためである。

「内定祝い、なんでもくれるっていいましたよね……じゃあ、紗枝ねえをください」

いってしまった。和也はうつむいて、うわ目づかいでこわごわと叔母を見た。紗枝ねえは怒ったように眉を寄せている。

「わかった。じゃあ、うちにいきましょう」

さらうように伝票を手にすると、紗枝ねえがテーブルを縫うようにレジにむかった。和也はサマードレスの裾《すそ》を揺らして伸びる丸々としたふくらはぎの動きに魅せられて、叔母のあとをなにも考えずについていった。

タクシーがとまったのは、石川町《いしかわちょう》の丘のうえだった。エントランスにはいったとたんに、遠くの雷鳴のような音が響いた。

「あっ、もう始まってる。屋上にいって、先に花火を見ましょう」

和也は軽く酔った頭で考えていた。先に花火にするのなら、そのあともあるのだろう。今夜はあこがれ続けていた紗枝ねえを抱けるのだ。今日一日がこんなふうになるなんて、自分でも信じられなかった。

エレベーターにのりこむと、最上階のボタンを押した。このマンションは八階建てである。扉が開くと目のまえは階段だった。

「ここをあがって、屋上にでるの。でも、今日は先客がいるかなあ。花火の夜はいつもそうだから」

紗枝ねえがいきなり和也の手をつかんだ。先に立って階段をあがっていく。シャンプーなのか香水なのかわからない軽い香りが流れてくる。和也は叔母の二の腕の揺れる白さに目を吸い寄せられた。

塔屋《とうや》のドアを開けると、コンクリートの屋上だった。雨染みが点々と黒く残っている。海にむかった柵《さく》のてまえで、ふたつのグループがレジャーシートを敷いて、宴会を始めていた。花火は遠い港のうえに、向日葵《ひまわり》くらいのおおきさで開いている。光が見えてから、音がきこえるまでに七、八秒はかかった。ふたりは柵の端にいき、ならんで花火に対面した。

「今度の花火は、ちょっと遠いね」

八年まえはほとんど頭上であがっていた。首が痛くなるほどまうえを見あげていたのだ。それが今は見おろすように遠くの花火を眺めている。同じなのはまた紗枝ねえと手をつないでいることだった。こんなに幸福なことはもう一生ないかもしれない。和也は咲いては煙になって流れる花火を見つめながら、そう思った。

花火の宴会は花見と違って、騒がしくなかった。みな夢中になって、一瞬を逃すまいと同じ方向をむいている。

「カズくん、ずいぶん背が伸びたね。あのときはあんまり変わらなかったのに、今では見あげるようだもの」

紗枝ねえに目をやると、なぜかのど元をじっと見ている。VネックのTシャツの胸元などめずらしいだろうか。照れたように若い叔母がいった。

「わたしね、男の人ののどが好きなんだ。とがったあごから、引き締まったのどの線って、女にはないものだから。すこしやつれて、のどが引き締まっていたりすると、どきっとする」

ためらうように照れてから、紗枝ねえがいった。

「カズくんののど、合格だよ」

　異性の身体の思わぬパーツに魅了されるのは、男も女もいっしょなのだ。これほど違うのに、欲望のなかでは男と女は同じ動物なのかもしれない。花火が夜空に開くたび、和也の頭のなかも照らしだされるのだった。

「カズくんはいつもいっていたでしょう。うちのおかあさんはヤンキーで大雑把《おおざっぱ》でだらしない。わたしはおしとやかで繊細でまじめだって。でもね、ほんとうは里枝ちゃんのほうがいい子なんだよ。わたしのほうが男にかんしてはずっと悪いもの」

「そんなことないと思うけど……」

　あの夜の二回目のキスを思いだした。十二歳も若い中学生に一生消せない傷を残そうとして、舌をからめるキスをする。悪いのは確かかもしれない。だが、その悪さが和也には好もしかった。

　見つめあうと紗枝ねえの目の光がおかしかった。とろりとねばるように眼球が濡れている。

「あのときみたいに花火の音をききながら、キスしたいな。こっちにきて」

　紗枝ねえに手を引かれて、北むきの柵を離れた。背後ではふた組の宴会が続いている。透ける素材のサマードレスの裾が夜風に揺れていた。

「どこにいくの」

「みんなから見えないところ」

屋上に突きでた塔屋をぐるりとまわった。死角になって、宴席からの視線は届かない。遠くで腹に響く破裂音が鳴っている。紗枝ねえが手を近づけてきた。これを待っていたと和也は思う。冷たい指先を自分は八年間待っていたのだ。

あごをつままれ、あの夜よりすこしだけ丸くなった顔にむきあった。唇は記憶のなかのとおりだった。これほどやわらかなものをもって生きているのは、きっとひどく切ないだろう。やわらかなものはいつか必ず硬いものに破られる日がくる。

唇がふれるだけのキスをして、紗枝ねえがにっと暗がりのなか笑みを見せた。歯が白い。リップグロスは真珠《しんじゅ》色だ。なにかをいおうとした紗枝ねえの唇を人さし指でとどめて、和也がいった。

「つぎは大人のキスだよね」

「そう、カズくんもほんとうに大人になった」

舌をからめるキスをした。そのまま数十となく花火の音をきいた気がする。宴席の人の話し声、したの道路を走る自動車の走行音、最上階の部屋からきこえるテレビの野球中継。目を閉じて舌をあわせていると、耳と舌だけが敏感になる。

　明かりの届かない塔屋の南面は、乾いたコンクリートの壁だった。そこに和也は背中を押しつけられ、もたれかかる紗枝ねえの体重で身動きができなかった。手をあげて、ドレスの胸にふれる。紗枝ねえが自分の口のなかでうめき声をあげたが、和也の右手はとまらなかった。

　厚みのあるブラジャーのカップと肌のあいだに手をさしいれ、乳房の重さと広がりをてのひら全体で確かめてみる。こちらも驚くほどのやわらかさだった。人肌の湯をいれた風船のようだ。乳房のおおきさの割にはちいさな乳首だった。

　唇を離すと、紗枝ねえが笑っていた。

「ほんとにカズくんも大人になったね。そのさわりかた、やらしい」

　背中にまわしていた和也の左手をとって、両手で自分の胸をさわらせた。遠慮しなくていい。そう教えるようにため息をついてみせた。ふたたび深いキスにもどった。和也はキスをしながら、あこがれの叔母の胸にふれているだけでもう限界だった。ジーンズのファスナーがはじけそうになっている。

　唾液で濡れ光る唇を全力で引きはがし、ささやき声でいった。

「紗枝ねえ、もう限界だ。部屋にいこう」

また遠くから花火の太鼓《たいこ》が響いてくる。紗枝ねえは目を細めて、首を横に振ってみせた。

「まだダメだよ。もうすこしカズくんをいじめてあげる」

叔母の手が船形に伸ばされて、和也の全長を収めた。

「すごく熱くて、おおきくなってる」

マニキュアを塗った爪がファスナーの金具をつまんだ。じりじりと引きさげていく。紗枝ねえは割れたファスナーのあいだに手をいれると、ボクサーショーツの前立てを開いた。

「ここでだすのは、まずいよ」

和也のささやきは悲鳴のようになった。ほんの十メートルも離れた場所では、酔っ払いが大勢花火を見ているのだ。

「だいじょうぶ。誰もうしろのほうなんて気にしないから」

紗枝ねえは和也のペニスをつまみだした。先端に透明な滴《しずく》が伸びている。親指の腹で丸く先をなでながら、紗枝ねえがいった。

「いけないいんだ、カズくん。女の子みたいに濡らしてる」

白い顔が息のかかる距離で見あげてきた。紗枝ねえは前髪をかきあげながら、ゆっくり腰を折った。

「ちょっとご挨拶《あいさつ》するね」

「……待っ……て」

叔母の肩に手をおいてとめようとしたときには、先端をあたたかな粘膜で包まれていた。紗枝ねえの口のなかは、どこもなめらかでやわらかだった。すきまなく濡れて性器の形に沿ってくる。ちいさな水音が紗枝ねえからきこえて、和也の腰は自然に動いてしまった。

叔母はひざを曲げて、和也のまえにしゃがみこんだ。口を前後させながら、舌は左右に掃《は》くように動き続けている。男をよろこばせる方法なのだろうが、それがただの技術に感じられないのは、本人が好きでたのしみながらやっているからだろう。

八年間あこがれ続けた人が、こんなにいやらしいことを自分からすんでおこなう。和也はまったく失望などしなかった。この人を選んで間違っていなかったと思う。紗枝ねえの髪をなでながらいった。

「それ以上されたら、もうもたない。続きは部屋でしよう。お願いだから」

つけ根をつかんだまま、紗枝ねえが顔をあげた。

「いいよ、気にしないで。わたしの口のなかにだしちゃえば。全部のんであげる」

青白いほど冴《さ》えた白目で見あげられ、和也のペニスが勝手にびくりと震えた。先端からまた滴があふれだす。

「あっ、もったいない」

紗枝ねえが舌の先でなめとった。

「カズくんは若いんだから、だいじょうぶでしょう。わたしに遠慮しなくていいから、思い切りいって」

そういうと紗枝ねえは先ほどの倍の速度で、頭を振り始めた。

(もうなにも我慢することはないんだ)

和也は全身の力を抜いて、神経を紗枝ねえの口に収められた先端に集めた。目をあげて、空を見る。港街の夜空は濃紺に澄んで、濁《にご》った雲を浮かべている。星は雲のあいだに隠れていた。遥か彼方《かなた》まで続く夜空に花火の音だけが響いていた。射精の瞬間と花火の音が同時だといいなと思った。あこがれの人の髪をなでながら、和也はそのときを、全身を一本の柱にして待ち続けた。

ノッキン・オン・ヘブンズ・ドア

白い臓物《ぞうもつ》がねじれるように焦《こ》げていた。

ぽたぽたと透明な脂《あぶら》が落ちて、あたりには白い煙が立ちこめている。七輪《しちりん》にのせた金網のうえには、豚の腸がいっぱいに転《ころ》がしてあった。シロコロとはよくいったものだ。煙越しに村上英彰《むらかみひであき》は同じ年の女を見つめた。煙幕があってよかった。そうでなければ、とてもまともに相手を見られないだろう。童貞《どうてい》の自分がなんとデートをしているのだ。二十六歳にして、生涯初のデートだった。

「これ、もうたべてもだいじょうぶだよね」

大杉美伊南《おおすぎみいな》は同じイタリアンのケータリング会社で働くアルバイトの同僚だった。こちらは三輪スクーターでの配達、むこうはキッチンでの料理。職種は異なるが、時給は同じ八百八十円だ。

「ああ、だいじょぶじゃない」

ひと皿三百円のホルモンにひと缶百八十円の発泡酒。デートに女を誘うときに、こんな店でよかったのだろうか。もっとも英彰は新宿では、このホルモン焼きの店ともう一軒しか店をしらなかった。そちらは大盛りで有名な居酒屋だ。イタリアンやフレンチやバーやクラブなど、英彰には同じ街にあっても地球外と同じだった。まったくかかわりがないのだ。年収が二百万円台のフリーターなど、むこうのほうがお呼びでないだろうが。

「うわー、このシロコロ、おいしーいー」

英彰は輝くような美伊南の二の腕を見ていた。豚の腸と同じように白く丸々とした腕だ。バイト仲間のあいだでは、美伊南はすこし太りすぎだという男が多かった。樽《たる》型《がた》の胴に山脈を思わせる雄大な乳房《ちぶさ》と尻。それでもウエストのくびれはちゃんとある。メジャーで測《はか》れば七十五センチを超えるだろうが、くびれはくびれだ。加えて手首と足首は意外なほど華奢《きゃしゃ》だった。ひどくタイプのスタイルである。英彰はＡＶを借りるときも、ちょいポチャ体型の女優を選《よ》りすぐっている。

端の焦げたホルモンを拾って、英彰は小皿の一味《いちみ》唐辛子《とうがらし》をつけ、口に放《ほう》りこんだ。熱くて、辛くて、塩ダレが利《き》いて、実にうまい。冷えた発泡酒で脂を流した。内臓とアルコールが一気に腹に収まって、身体《からだ》がよろこんでいる。

「村上くん、いつもこういうお店にきてるんだ。ここのホルモンおいしいね」

デートのきっかけは、そのホルモンだった。仕事がひまな午後三時、カウンター越しにおしゃべりをしていた。美伊南は生まれてから一度もホルモンをたべたことがないという。英彰がいきつけの店が新宿にあるというと、それなら連れていってくれといわれた。立ち話のたった三分で、初デートが決定する。運命というのは、不思議なものだった。これまで何度か女性を誘ったことがあったが、毎回緊張しすぎてうまくいかなかった。それが誘うつもりがないときに限って、これほどスムーズに運ぶ。

「なんだか、村上くん、あんまりしゃべらないね」

バイト先とは違うので、英彰は緊張していた。腕時計を見る。もうすぐ夜九時だ。この店をでたらどこにいけばいいのだろうか。ホルモン焼きのあとに、大盛り自慢の居酒屋というのは、ただしいデートコースなのか。

「すこし酔ったかもしれない。大杉さんはお酒強いの」

美伊南は笑うと顔がさらに丸くなった。中途半端ではなく、ならびのいい歯を見せてしっかりと笑う。

「それが体重があるせいか、けっこう強いんだ。あのさ、いつまでも大杉さんじゃなくて、美伊南でいいよ」

友人に連れられていったキャバクラでしか、女性を下の名前で呼んだことはなかった。英彰がおかしな顔をしたのだろう。美伊南がいたずらを思いついたようにいった。

「ほら、呼んでみて。美伊南って」

女にもてる二枚目で、どこかの大企業の正社員なら、それくらいのことは簡単なのだろう。だが、英彰にはとてつもなく高い壁だった。勢いをつけるために半分残っていた発泡酒を空けてしまう。

「……ミーナ」

美伊南が笑うと目が三日月形になった。頬《ほお》づえをついているのだが、胸がテーブルにメインディッシュのようにのせられている。あれはモヘアというのだろうか。細かい起毛のある白いセーターは、豊かな胸のしたに何本も引きつれたような横線ができていた。ノースリーブなのに、首がタートルネックというのは、温かいのだろうか、涼しいのだろうか。

「はい、英彰さん、あーんして」

呆然《ぼうぜん》と口を開くと、シロコロを箸《はし》でつまんでいれてくれる。初デートでホルモンをたべさせてもらう。英彰にとって、それはすでに十分な成功の証《あかし》だった。

「英彰さんて、彼女いないいんだよね」

「ああ、いないよ」

「だったら彼女いない歴は、どれくらい？」

胸を突きだしながら、こちらの目をのぞきこんできた。英彰は焦《あせ》った。ここで真実をいえば、魔法が醒《さ》めてしまうかもしれない。二十六年の代わりにいった。

「うーん、どれくらいになるかな、もう一年近く」

冷や汗ものの罪悪感があるのは、もてる男の振りをしているせいだろう。英彰はもてる男がとにかく嫌いだ。

「そうなんだ。だったら、わたし立候補しちゃおうかな」

英彰はまた焦った。そんな台詞《せりふ》はラブコメ以外ではきいたことがない。この自分がアプローチを受けている。理由がわからなかった。

「美伊南さんだって、もてるでしょう。誰か彼氏とかいるんじゃないの」

急に真剣な顔になって、美伊南がいった。

「こう見えても、わたしはけっこう一途《いちず》なんだよね。ほかに彼がいたら、こんなふうに男の人とふたりでお酒をのんだりは絶対にしないよ」

「ごめん」

気迫に押されて、ついあやまってしまった。この店にはいって三時間近くたってい
る。テーブルのうえは発泡酒の缶と小皿で埋まっていた。ここは自分から誘わなけれ
ばならないだろう。美伊南に気づかれないように、ごくりとつばをのんで、英彰はい
った。

「そろそろつぎにいこうか」

「うん、わかった。ちょっとお手洗い」

やはりこういうときは男がおごるものなのだろう。気をつかって、消えてくれてよ
かった。英彰がレジで会計をすませていると、美伊南がもどってきた。せっかくのノ
ースリーブのセーターのうえに春のコートを着こんでいた。これではちきれそうな
二の腕も、豊かに丸い胸も見えない。

「いくらだった？」

「えっ」

「だから、いくらだったの。ちゃんと割り勘にしよう。おたがいお金ないんだから」

英彰はてのひらで隠して、レシートに目を落とした。三千八百円。

「じゃあ、千五百円でいいよ」

千円札一枚と百円玉で、美伊南が自分の分をくれた。英彰はすこし感激した。時給

にしたら一時間半働いても、この額にはならない。美伊南はお金には潔癖《けっぺき》なのだろう。仮につきあうとしたら、金銭感覚が近いことは重要なことだった。

「ありがとうございました」

「ありがとうございました」

おかしな発音の店員の叫びに背中を押されて、歌舞伎町《かぶきちょう》にでた。三月の夜で風はすこし冷たかった。それが酔った頬に心地いい。

「どうしようか？　お茶でもする」

英彰は必死にこのあたりのカフェを頭のなかでサーチした。スターバックスはどこにあっただろうか。喫茶店がダメなら、カラオケボックスとバッティングセンターくらいしか、もう選択肢がなかった。美伊南がぶらさがるように英彰の腕をとった。小脇に抱えるようにすると、英彰のひじが美伊南の胸に押しつけられた。身体中の神経がひじに集まってしまう。

「コーヒーもいいけど、いっしょにすこし歩きたいな」

英彰も望むところだった。こうして腕を抱えてくれるのなら、一晩中歩いてもいい。

「わかった。なんだか今夜はすごくたのしいよ」

したから見あげるように、美伊南がのぞきこんできた。

「ほんとに？　わたしもたのしい」

英彰は目的地も決めずに歌舞伎町を歩いた。質屋のウインドーをのぞき、風俗店の看板は危険なので無視する。あちこちにホストが立っていたが、男連れの美伊南には誰も目もくれなかった。

荷台に花を満載した軽トラックを見かけて、英彰は花を一輪買った。五百円の白いバラだ。デートが初めての英彰は、女性に花を買うのも初めてだった。酒に酔っていなくてひとりだったら、とてもそんな気はずかしいことはできなかっただろう。

「はい、あげる」

「わー、うれしい」

華やかな声をあげて、美伊南がラッピングされた白いバラを受けとった。英彰の腕といっしょに胸に抱えこんでしまう。春の夜にかすかにバラの香りが流れた。新大久保《しんおおくぼ》のほうにむかって歩いていると、路地はいつのまにか暗くなり、あちこちにホテルのネオンサインがにじむようになった。

英彰は焦った。初めてのデートだ。今後、真剣に美伊南とつきあうつもりなら、今夜はきちんとしておいたほうがいい。また、そんなつもりでこのルートを選んだわけではなかった。

「こんなところは早く抜けよう」

英彰が足を速めようとしたとき、美伊南が立ち止まった。正面には赤いネオン管が夜のなかうねっていた。英文でKNOCKIN'《ノッキン》 ON《オン》 HEAVEN'S《ヘブンズ》 DOOR《ドア》。このごろはラブホテルでもしゃれた名前をつけるものだ。ホテル名のうえには、青いバラのネオンが横倒しになっていた。

美伊南の視線が胸に抱えたバラとホテルの壁面のネオンのバラを往復した。うつむいたままききとりにくいほどかすれた声でいった。

「……ふたりきりになりたいな」

頭をなぐられたような衝撃だった。しばらく意味がわからなくて、つい質問してしまう。

「なんだって」

美伊南は泣きそうな顔をあげていった。

「英彰さんとふたりきりに……もう、何度もいわせないで」

英彰は怖《こわ》かった。現実のセックスについては、ずっとあこがれていた。けれどもこれまでチャンスはなかったのだ。初体験を金《かね》ですませるのも気がすすまなかったし、当然恋人もいなかった。それが初めてのデートで、ホテルにはいるかどうかの決断を迫られているのだ。自分は初めてだが、美伊南はそうではないのだろう。女性も二十六歳なら、処女《しょじょ》を探すほうが困難なはずだ。

「わかった、いこう」

腕を組んだまま、英彰は天国の自動ドアを抜けた。絶対に自分が童貞であることだけは悟《さと》られてはいけない。間近にせまっている初めてのリアルなセックスへの期待よりも、英彰の胸には悲壮な決心のほうが強かった。

部屋にあがると、室内は薄暗かった。

ベッドとビニールのソファと薄型テレビ。とくにラブホテルらしい凝《こ》ったデザインも見あたらない。虹色に光るヘッドボードくらいのものだろうか。

「はい」

美伊南がジャケットを脱がせて、ハンガーにかけてくれた。この人はきっといい奥さんになるだろう。ホテルの暗い部屋にふたりでいる。英彰はこれからどうしたらいいのか、まったくわからなかった。AVではこういう場合、すでに下着でベッドのうえにいるシーンから始まるのだ。まだ英彰も美伊南も服を着たままだった。

美伊南が手が届くほどの距離に近づいてきた。にこりと笑って、うわめづかいでいった。アルコールのせいか目が赤い。

「わたしを、よろしくね。あまりスタイルとかよくないけど」

美伊南が自分と同じように不安なのだとわかった。それで一気に英彰の気もちが楽になった。白く輝く二の腕をつかんで、抱き寄せる。指先が沈むような脂肪《しぼう》のやわらかさだった。指のあいだから肉があふれそうだ。キスをしようとして、鼻と鼻がぶつかった。

唇《くちびる》のまえに、口紅の濡れた感触が最初にやってきた。何度かついばむようにキスをして、ようやく英彰は理解した。女の唇のほうが、男よりもやわらかくて、クッションが利いている。撥《は》ね返してくるような弾力があるのだ。

暗がりのなか目を閉じている美伊南の顔をよく見た。目尻のしわのあいだにファンデーションが埋もれている。右と左の眉《まゆ》の形がすこし違っていた。きっとそろえ損《そこ》ねたのだろう。だが、そんな細部のすべてが英彰には好もしかった。自分の腕のなかで震えている女が愛《いと》しくてたまらない。ずっとこうして、顔を見ていたかった。唇に目をやると二枚の厚みのある粘膜《ねんまく》のあいだに、とがったピンクの舌先がのぞいていた。

英彰は舌を伸ばして、美伊南の舌にふれた。舌は唇よりも衝撃的だった。おだやかな電流でも放《はな》っているようだ。ふれている部分がちりちりと快感を伝えてくる。英彰は深いキスをとめられなくなった。美伊南の舌のすべてを、自分の舌で感じてみたい。思いつく限りの方法で、舌を絡《から》めてみる。しばらくして、美伊南がため息をついて、そっと英彰の胸を押した。

「すごいキス……まだシャワーも浴《あ》びてないのに」

美伊南はそういうと流し目を残して、バスルームにいってしまった。そういえば気づかなかったが、身体中からホルモン焼きのにおいがしている。ベッドに腰かけて、英彰は待った。この自分がシャワーの水音をききながら、女を待っている。その幸運が信じられなかった。大学受験でも、新卒の採用試験でも、うまくいったことはなかった。もの心ついたときから、この国は下り坂で、いいことなどひとつもなかった。一度流れをはずれてしまうとつぎに浮かびあがるのが困難なこの国で、自分の将来などたかがしれたものだと、心の深いどこかであきらめていた。そうやってあきらめていることに、英彰自身でたらめに傷ついてもいたのだ。

そういうダメな人間が、なぜかこうしてひとりの女性に選ばれている。これから夢にまで見たセックスをするのだ。お金をあげたわけでも、高価なプレゼントを贈ったわけでもなく、ただ好意をもっているから美伊南は自分にセックスをさせてくれるのである。英彰はシャワーを浴びている女性に両手をあわせて祈りたくなった。自分を選んでくれてありがとうと伝えたかった。なにひとついいことのなかった人生が、ひと夜で報われる。長く生きていれば、そんな夜があるのだと教えられたのだ。

ほとんど泣きそうになっていると、バスタオルを巻いた美伊南がやってきた。乳房は窮屈《きゅうくつ》そうにタオルで押さえられ、目がくらむほど深い谷間をつくっていた。キスをすると、スペアミントの香りがした。

「お先に」

美伊南はそういうとシーツのしたに潜《もぐ》りこんでしまった。英彰はロボットのようにバスルームにいき、歯を磨きながらシャワーを浴びた。全身をくまなくきれいに洗った。とくにペニスと脇のしたと足の指のあいだをていねいに洗う。初めての相手に体臭をかがせることはできなかった。脱衣室で鏡に映《うつ》る自分を見た。これから童貞を失う男の顔は、なにか恐ろしい怪物に出くわしたかのように青白かった。

バスルームをでるとものの形がようやくわかるほどの暗がりだった。美伊南が明かりを落としたのだろう。シーツをめくって、となりにはいる。すぐに美伊南のやわらかな身体がぶつかってきた。男が抱くだけでなく、女も男を抱くのだ。それだけのことに新鮮な驚きがある。

裸のまま全身を密着させて、また舌を絡めるキスをした。男と女ではすべてが違っていた。肩は肩で、腕は腕で、指は指なのだが、女の場合すべての場所にやわらかな脂肪のコートが着せられていた。とくに胸と尻はまったく別な機能をもったパーツのようだった。

あれほどあこがれていた乳房に無料でさわり放題《ほうだい》なのだ。美伊南の乳房は両脇に流れるほど豊かでやわらかだった。英彰は手でふれ、つかみ、もみほぐしてみる。

「わたしの乳首、あまり形がよくないから見ないでね」

そんなことをいわれても初めてのリアルな乳首である。英彰はじっくりと見ないわけにはいかなかった。形が悪いというのは、乳輪がおおきいという意味のようだった。英彰はそんなことは気にしない。乳首をつまんでから、口のなかに収《おさ》めてみた。味はなにもしない。ただビロードのようななめらかな舌ざわりで、いつまでも舌で遊んでいたくなる。

美伊南が抑えきれずに声を漏《も》らしていた。ウエストを両手で測ってみる。腹筋《ふっきん》の存在が感じられない、どこまでもしないそうな腹だった。英彰はなぜか美伊南にきいていた。

「いい？」

美伊南は全力でうなずいてくれた。だが、英彰がきいたのは、気もちがいいかではなかった。女性器にふれてもいいかという意味だった。ネットの無修整画像では、ずいぶんたくさんの性器を見ている。だが二次元のディスプレイに映しだされる性器には、まるで現実感がなかった。生きている女性の一部というよりも、精巧なCGのようだ。光ってはいても濡れてはいなくて、穴は開いていても深さはない。

けれど美伊南の性器は違っていた。さわった瞬間にそれがわかった。ふれたとたんに英彰の指先が濡らされてしまったからである。ここには実際にふれることができて、快感を送り返してくれるリアルさがある。指でいくら探っても、形はあやふやだった。暗いのでよく見ることもできない。だが、指の探検で英彰は満足だった。美伊南の声が英彰が間違っていないことを教えてくれたからである。

ひと休みしていると、美伊南がシーツのなかに潜った。

「今度はちょっとわたしにさせて」

「えっ、待って」

ＡＶでなら何十人分のその行為を鑑賞したことがあった。なかには恐ろしく長い舌を巻きつけたり、高性能エンジンのピストンのような速度で頭を振る女もいた。美伊南のやりかたはそうしたショー的な愛撫《あいぶ》とはかけ離れていた。口にふくんで、ゆっくりと味わい、舌を動かす。英彰のためというより、自分の好きなものを確かめているような動きだった。それが声がでてしまうほどの快感なのだから、英彰は困惑《こんわく》した。激しいほどいいだろうと単純に思いこんでいたのだ。

美伊南がもどってきて、シーツから顔をだした。英彰はキスをしていった。

「ありがとう。すごくよかった」

照れて笑う美伊南の顔を英彰は一生忘れないだろう。

「ちょうだい」

いよいよ二十六年間生きてきた自分が変わるときがやってきた。もう英彰は焦ってはいなかった。自分はこの夜のどこかで、すでに決定的に変わってしまったのだ。これから始まる行為は、その変化の仕上げをするだけのことにすぎない。美伊南は両腕を広げて、英彰を待っている。身体が重なった。位置がよくわからなかったが、何度か試しているうちに美伊南が手をそえてガイドしてくれた。

英彰はそのまますすんだ。抵抗はあるが、ひどくなめらかな抵抗だった。こうして体液を混ぜあわせ、命の素《もと》を女性の身体の奥深くへ送り届けること。ここにはなにひとつ新しいことなどなかった。人間は何千世代もこれを繰り返して生きてきたのだろう。どんな命もこのなめらかな前進と後退から逃れることはできない。

英彰は美伊南とセックスしていた。現在まで続いてきた生命の鎖《くさり》の一番最後のひとつの輪に連《つら》なった気がした。美伊南といっしょにリズムをあわせて動きながら、考えてみる。命のチェーンの輪っかのひとつ。ちいさなループ。しわくちゃにねじれた二重螺旋《にじゅうらせん》。一本の管《くだ》をとおるたくさんの虫。

ただの棒のような存在として前後に動き、それ以外のなにごとも考えなくていい。その不自由さが英彰という男を、生まれて初めて解放してくれた。

チェリー

井出耕太《いでこうた》には、誰にもいえない秘密があった。

耕太は二十七歳になる。働いているのは、池尻《いけじり》にあるスーパーマーケットだった。四年制の私大を卒業したが、就職活動でしくじってしまった。もともと引っこみ思案で、まえにでる積極的な性格ではない。面接でもグループディスカッションでも遅れをとって、結局は希望の業種のすべての会社で不採用になった。それで投げやりになり、滑り止めの他業種を受けるのもあきらめてしまった。それから五年間、非正規の契約社員やアルバイトを続けてきた。この状況をどう抜けだせばいいのか、その方法さえわからない。

「井出さん、倉庫のイチゴ運んで、全部テンチンしてください」

さんづけではあるが、命令口調《くちょう》だった。正社員の横島《よこしま》は白いシャツにネクタイを締め、制服のブルゾンを着ている。耕太は襟《えり》ぐりの伸びたTシャツに制服だ。テンチンは展示陳列の略で、この店独特の用語である。

「わかりました」

「花金《はなきん》の目玉商品だから、気合いれて頼むよ」

今度はタメロだった。

「はい」

耕太は勢いよく返事をしたが、横島が嫌いだった。二歳年したで、おまけに正社員なのだ。似たような仕事をしているが、ボーナスも有給休暇もあるうえに、年収は倍近くだった。嫌いにならずにいられるだろうか。

バックヤードにいき、台車に三十箱の段ボールをのせて、店頭にもどった。入口正面の特等席に、ピラミッドのように博多《はかた》あまおうのパックを積みあげていく。耕太の得意な仕事だ。背の高さほどきれいに積むには、確かなテクニックとセンスが必要なのだ。

そのとき、店内の有線放送でスピッツの「チェリー」が流れた。耕太は背中に冷たい汗をかいた。いいメロディだし、歌詞も悪くないと思う。だが、とにかくこの曲のタイトルが死ぬほど嫌なのだ。

耕太は二十七歳で、フリーターで、童貞《どうてい》だった。

そんなタイトルの曲が好きになれるはずがなかった。

その夜は八時の閉店と同時に、店を離れた。残業をしなくてもいいところだけが、フリーターの特典だ。そのまま玉川《たまがわ》通りをジーンズのポケットに手をいれて歩いていく。背中が丸まって姿勢が悪いのは自分でもわかっていた。ただ背筋を伸ばした姿勢でなど歩きたくないだけだった。この世界が好きではない。その気分は表現しておきたいのだ。

梅雨《つゆ》にはいるまえの初夏の風が、排気ガスの臭いをまともに顔に吹きつけてくる。自分の人生はこんなふうにひとりきりのまま過ぎていくのだと思った。週末の夜のその時間には、家路を急ぐ会社員や学生と、これから夜の街にくりだすカップルが多かった。自分には誰も待っていてくれる人はいない。年収が二百万円台では、結婚などとても望めないだろう。耕太の周囲にいるフリーター仲間の多くは未婚で、特定のガールフレンドもいなかった。

歩道のむこうから不細工なカップルがやってきた。腰のうしろにまわした手をお互いのジーンズの尻ポケットにいれ、身体《からだ》を密着させている。男はにきびをかき崩したあばた面《づら》のホスト顔で、女は数ヵ月まえに染めた金髪が伸びて、生え際《はえぎわ》とツートーンになっていた。女は男の顔をさわりながら、ときに怪鳥のような声をあげる。

(こんなゴミカップル、死んでしまえばいいのに)

耕太は歩道に落ちていたペットボトルのふたを蹴飛ばそうとした。破れたジョギングシューズのつま先が引っかかって、こけそうになる。振りむくとふたはそのままで、男の手はポケットのなかでやわらかそうな女の尻をもんでいた。

(くそっ、カップルなんて、すべて死んでしまえ)

耕太は約束の場所へ足を速めた。

その居酒屋は、三軒茶屋《さんげんぢゃや》でも一番安い店だった。全国にチェーンを拡大しているらしい。つまみはすべて二百九十八円均一、発泡酒は百九十八円で、焼酎《しょうちゅう》類は九十八円だという。奥の入れこみに顔をだすと、声が飛んだ。

「よう、遅かったな。耕太、おまえが一番近くで働いてるのに」

よく転《ころ》がる調子のいい声は、小太りの長谷川仁志《はせがわひとし》だった。座卓をふたつつなげた席には八人の若い男女の顔が見える。相模原《さがみはら》にある精密機器の工場で働いていたころの契約社員仲間だった。その工場もすでにヴェトナムに移転して、あとは雑草の生える空き地になっているという噂《うわさ》だ。全員あちこちの職場に散っているが、非正規同士でめずらしく仲がよかったので、こうして一年に一度集まって飲み会を開いている。端《はし》の席に座ると、耕太はちいさな声で仁志にきいた。

「……あの人、誰？」

見たことのない顔がひとりいた。耕太はそれだけで萎縮《いしゅく》してしまう。その女は周囲より年齢がうえのように見えた。二十代後半の男女のなかに、どう見ても三十代なかばが混《ま》じっているのだ。黒いTシャツの胸にはぎらぎらと輝くゴールドのプリントが浮かんでいた。ＰＬＡＹＧＩＲＬというのは、女性の遊び人でいいのだろうか。伏し目がちに観察した胸は、とくにおおきくないようだ。

「ああ、あの人は順《じゅん》ちゃんの友達で、川辺《かわべ》聖美《きよみ》さん」

仁志がそう紹介すると、斜めむかいでその女がグラスをかかげた。耕太は聖美の目を見ないようにして乾杯した。

「よろしくね、耕太くん」

すこし低くて、いい声だ。女性経験のとぼしい耕太は、いきなりしたの名で呼ばれただけで、ぐらりときた。

「……はい、よろしくお願いします」

こんなときにうまく冗談で切り返せたら、どんなにいいだろうか。初対面の女性に笑顔でジョークを飛ばせるようになるのが、耕太の夢のひとつである。苦い発泡酒をのんでから、ひとりで反省した。そんなことが簡単にできるくらいなら、自分はきっと新卒採用でどこかの企業に合格して、今ごろ正社員として働いていることだろう。

「……でいるの？」

聖美がなにかいっていた。となりの仁志が耕太のわき腹を突いた。

「おまえに聖美さんが質問してるよ。どこに住んでるのだってさ」

耕太は初めて、年上の女性を正面から見た。五歳は上だろうが、大人っぽいというよりかわいいタイプだった。髪はゆるく巻かれて、頬《ほお》の線を隠すように流れている。眉《まゆ》の形と鼻筋がすっきりときれいだった。ぼんやりと相手を見たまま、耕太はいった。

「すぐ近くの太子堂《たいしどう》です」

「あら、いいところじゃない」

床にマットレスが一枚おいてあるだけの部屋を思いだした。あとは冷蔵庫とパソコンが一台ずつ。なにもない空《から》っぽの部屋だ。自分の二十七年間の人生みたいだ。

「いや、安い造りのハイツですから。エレベーターもない二階建てです」

そのとき、むかい側の一番遠い端から声が飛んだ。橋本順治《はしもとじゅんじ》はすでにだいぶ酔っているようだった。こいつは今、新宿《しんじゅく》のキャバクラでボーイとして働いているらしい。

「やっぱりこのなかでは、草食男子の代表といえば耕太だよな。おまえ、彼女できたか？」

一番ふれて欲しくない話題だった。耕太はうなるように返事をした。

「いいや、人のことはほっといてくれ」

神経質になっているときの癖《くせ》で、あごの先のひげをさわってしまう。ひげを生やしていると、童貞でもなんとなく男らしく見える気がしてくるから不思議だ。

「耕太くんは、やっぱり二次元のほうがいいのかな」

聖美だった。おかしな色の焼酎は緑茶割りだろうか。驚いて耕太が固まっていると、重ねていった。

「リアルな女性にはあまり興味がないタイプなの？」

興味なら、天井までテンチンできるほどあった。液晶ディスプレイではなく、リアルな乳房《ちぶさ》や女性器を飽きるまで見てみたかった。匂《にお》いをかぎ、口にいれて舌の先で感触を確かめてみたかった。肌も、指も、髪も、爪《つめ》も。なんならすべてちょっとずつたべさせてもらってもいい。

黙りこんだ耕太の代わりに、仁志がいった。

「いや、そんなことないですよ。それなら、あんなにＡＶもってるはずがないすから」

また笑って、耕太のわき腹を小突いた。

「耕太、覚えてるか。相模原の寮から、横浜の鶴見《つるみ》までＡＶ漁《あさ》りにいっただろ」

それなら鮮明に覚えていた。ネットで見つけたレンタルビデオ店の閉店セールである。

「あれは、すごかったなあ。お宝がざくざくで」

「うん、最高だった。おれの好きなロリータ系も、耕太の好きな痴女《ちじょ》系も掘りだし物が山のようにあった」

聖美はグラスを片手に笑っていた。

「へえ、そうなの。そういうのがうれしいんだ」

仁志が全力でうなずいた。

「そうですよ。だって一枚三千円のディスクが、中古だけど一枚三百円ですよ。なかには廃盤になってプレミアがついてるような名作もあるし、おれたち二十枚ずつ買って帰ったんですから。そうだよな、耕太」

耕太は顔を赤らめた。あのときは財布《さいふ》の中身が乏《とぼ》しくて、それだけしか買えなかったのだ。耕太は翌日の夜、仕事を終えてから片道一時間半かけて、レンタル店を再訪している。銀行で金をおろし、友人といっしょでは買えないような特殊な趣味のものを購入するためだった。女が男の顔に尻をのせているだけのもの（Tバックの尻はずっと揺れている）、ひたすら生徒を叱《しか》る女教師もの（顔につばを吐《は》きかける）、ブラックライトのなかレゲエダンサーが下着姿（蛍光色！）で踊り続けるもの。どれも実際の性交は欠片《かけら》もないマニアックな作品だ。そういえば、青や黄のカラー浣腸《かんちょう》液を二リットルも注入して、虹《にじ》のような半円形の派手《はで》な噴水をあげさせるものもあったっけ。日本のAVは間違いなく世界一だと、耕太は冷静に評価する。ジャンルの多彩さとつくりこみの凄《すご》さは、ノーガードの殴《なぐ》りあいのような欧米のブルーフィルムとは比較にならない。

なにを話していたんだっけ？　耕太は間延びしたあいづちを返した。

「……うん。買い物はあんまり好きじゃないけど、あのときはたのしかった」

耕太を見る聖美の目がかすかに赤くなっていた。すこし酔っているのかもしれない。

「ロリータものはわかるけど、痴女ものってどういうの？」

どう説明したらいいのだろうか。あのジャンルが好きなマニアのあいだでも、プレイの好みは分かれる。自分の場合はと考え始めると、収拾がつかなくなった。思いいれのない仁志があっさりいった。

「年上のお姉さまに無理やりやられちゃうんだよな。おまえさ、昔酔っ払って痴女の三原則とかいってなかったっけ」

それならすぐに思いだせた。だが、初対面の女性のまえで口にするのははばかられる。仁志が続けていった。

「ほら、あれ、なんだっけ、最初は目がどうとか……」

がまんできずに耕太は口を開いた。そこは自分の専門分野だし、どうせ聖美とは明日からは他人だ。

「正確には痴女の三条件だ。まず①は男を見下すような強い視線、②は舌が長くて唇《くちびる》が厚いこと」

さすがにフェラがうまいとはいいにくかった。だが、つぎはさらにハードルが高くなる。どうにでもなれと思って、耕太はいった。

「それから、③に騎乗位が得意なこと。あくまでも、ぼくの好みだけど」

耕太は恐るおそる斜めむかいの聖美に目をやった。すこし驚いた顔をしていた聖美が急に声をあげて笑いだした。

「あはは、耕太くん、おもしろい。男の人って、変なこと考えるんだねえ」

腹を抱えて笑うというのはほんとうだった。聖美は両手で腹を押さえ、身体を折って笑っている。まえに倒れると、黒いTシャツの襟ぐりから胸の谷間がのぞいた。そういえばこの人は下はなにを着ているのだろう。わざとひじでおしぼりを座卓から落とし、頭を低くしてのぞきこんだ。

（！）

耕太は目を疑った。聖美はデニム素材のタイトなミニスカートである。驚いたのはスカートではなく、黒のフィッシュネットのストッキングだった。たいていの小魚なら余裕で逃げてしまうくらいおおきな網目だった。網のあいだの肌が青いほど白い。

耕太はその夜、ひどくおしゃべりになった。なにを話しても聖美が笑ってくれるのだ。自分がひどく気がきいた人間になった気がする。初対面の女性とこれほどくつろいで話ができたのは生まれて初めてのことである。

終電の時間が近づいて、飲み会はお開きになった。

三軒茶屋の通りにでると、空車のタクシーばかり目についた。電飾の看板にはまだ灯《ひ》がはいっているが、人どおりはすくない。耕太はその場を離れがたかったが、翌日も仕事があるという何人かが地下鉄にむかうと、流れで自然と散会になった。

昼間のように明るい歩道で、あっさりと手を振って別れた。これから歩いて帰るのか。そういえば、まだ自分は聖美とメールアドレスの交換さえしていない。耕太の背中はまた丸まってしまった。今夜はもう寝るだけだが、眠気などまるで感じない。

表通りをそれて、薄暗い路地にはいったときだった。

「耕太くん」

聖美の声だった。背中全体が耳になったようだ。うれしくてたまらなかったが、なんとか自然に振りむいた。聖美は夜風にあおられた髪を押さえて立っている。逆光で身体のラインがはっきりと見えた。グラマーではないが、腰はちゃんとくびれている。

「聖美さん、どうしたんですか」

われながら気がきかない台詞《せりふ》だった。女性のほうから最初に勇気を見せてくれたのに情けない。

「このまま帰るのは惜《お》しいなって思って」

聖美が近づいてきた。風にのってなにかの匂いが流れてきた。耕太にはそれが香水なのか、女性本来の匂いなのかわからなかった。今度は自分の番だと思った。心臓は破れそうに打っているが、ここはきちんと誘わなければいけない。

「もう一軒いきますか」

聖美が片手をさしだした。とっさのことで、耕太には意味がわからない。

「ううん、今夜はうちに帰らなくちゃいけないから、もうお酒はいいや」

どういう意味だろうと考えながら、聖美の手をとった。冷たい手だ。細い指が耕太の手のなかで魚のようにうねった。指の一本一本をからめるようににぎり直してくる。これは恋人同士の手のにぎりかたではないのだろうか。耕太は危《あや》うく声を漏《も》らしそうになった。指が感じたのである。息がかかりそうな距離にくると、聖美の甘い声がした。

「その代わり、耕太くんの部屋にいってもいいかな」

聖美の年齢はわかっていた。耕太よりも七歳年上の三十四歳だ。人は年齢ではないが、それでも自分より遥《はる》かに大人の年だとも思う。

耕太はあわてた。部屋は散らかったままだし、布団《ふとん》も敷きっ放しだった。確か室内に下着を干したままだった気がする。あの部屋にいって、聖美はなにをするというのだろうか。深夜に女が男の部屋にあがる。することはひとつだと常識ではわかっているが、自分がその立場にいることが、まだ信じられなかった。二十七年間、それほど異例の好意を異性から示されたことがないのだ。耕太はひげの先にふれて、気を静めた。

「これ、どっきりカメラとかじゃないですよね。あいつらがみんなで悪い冗談を仕組んだとか」

聖美はくすりとひと息だけ笑った。

「仁志くんとか、順ちゃんが仕組んだ罰ゲームってこと？　それだったら、どうするの」

えーい、ここまできて恥をかくのを恐れてどうするのだ。酔っ払った耕太は生まれて初めての蛮勇《ばんゆう》を奮《ふる》った。

「それでもいいです。ぼくの部屋にいきましょう」

耕太は指をからめて手をにぎり、聖美といっしょに暗い路地を歩いていった。こんな夜の散歩なら大歓迎だ。夜が明けるまで歩いてもいいと思う。耕太は半分、自分の部屋に着くのが恐ろしくもあった。まだ自分は童貞なのだ。

途中のコンビニで、缶ビールを二本とミネラルウォーターと歯ブラシを買った。買い忘れたコンドームのために、耕太はもう一度レジにならんだ。聖美はにこにこと笑って、そんな耕太を見ている。それがどこか誇らしく思えるのが愉快だった。

帰り道のことを耕太はほとんど覚えていない。つないだ指先の感覚とサンダルの先からのぞく聖美の足の爪が気になってしかたなかったからだ。なぜ女は爪の色まで男よりきれいなのだろう。アパートに到着すると、部屋にあがるのを二階の外廊下《そとろうか》で一分だけ待ってもらい、聖美に声をかけた。

「どうぞ、はいってください」

「ふーん、こういう感じなんだ」

なにもない部屋を見まわして、聖美がそういった。サンダルを脱ぐと、うしろをむいてそろえる。しゃがんだ腰のラインに重量感があってよかった。耕太の好きなＡＶ女優はみな尻がおおきい。

部屋にあがった聖美は、シンクにほこりがつもったミニキッチンとユニットバスを確認した。耕太は部屋の明かりを消して豆球だけにした。缶ビールを開けると、聖美に手わたす。部屋が狭いので、マットレスのうえに腰をおろすしか、ふたりで座る方法はない。

耕太のとなりに横座りした聖美が缶ビールで乾杯を求めてきた。

「なんだか、いきなり男の人の部屋にきてるなんて、びっくり」

自分のほうがもっと驚いているといいたかった。聖美はこうしたことに手慣れているように見える。耕太は黙って乾杯した。つないだ手を離して、聖美の肩にのせた。女は肩まで男よりもやわらかいのだ。心のなかでそんな単純な発見に狂喜する。

耕太はキスと軽いペッティングまではこれまでも経験があった。ビールで唇を湿らせてから、まわした手で聖美の顔をやさしくこちらにむけた。薄目を開けたままキスまでの距離をつめていく。唇に唇がふれたとき、聖美が震えているのがわかった。相手も自分と同じように緊張しているのだ。耕太のなかで童貞の恐怖が解けていった。

舌をだして、聖美の唇をなめた。聖美も震えながら、舌に舌を返してくる。最初のキスは予想していたよりもずっと長く、濃厚になった。耕太は一度離れようとしたが、聖美に両方の頰をはさまれて逃げられなかったのである。

ようやく全力でキスを中止すると、聖美が恥ずかしがりながらいった。

「シャワー浴《あ》びてくるね。今日暑かったから」

耕太の声はかすれてしまった。

「わかった。バスタオル用意しておくよ」

聖美は耕太の目を見ずに、歯ブラシをもってユニットバスの扉に消えた。薄い樹脂《じゅし》の扉をとおして、シャワーの音がきこえてくる。これから自分とセックスをする人が浴びるシャワーの音をききながら暗い部屋で座っている。これほどの興奮と幸福があるだろうか。耕太のペニスは完全に充実している。手にしているのはいつもの発泡酒ではなく、プレミアムビールの金色のアルミ缶だった。水音を肴《さかな》に冷たいビールをのむ時間。人の確かな幸せはこれほど単純なところにあるのだ。耕太は正社員として大企業で働いている大学時代の誰とも、その時間を交代したくはなかった。

耕太自身のシャワーは数分とかからなかった。手早く脇と性器を洗っただけである。シャワーよりも歯を磨いている時間のほうが長かったかもしれない。ていねいに身体をふいたタオルを腰にまき、ユニットバスをでた。部屋のなかは豆球も消されて、真っ暗になっている。

聖美はマットレスのうえに横たわり、天井を見あげていた。身体の形にタオルケットが盛りあがっている。なぜだか、わからない。だが、つぎの瞬間、上半身裸のままで耕太は枕元に正座していた。

「あの、聖美さん、ぼくはいっておかなくちゃいけないことがあって……」

それは誰にもいえない心の重荷だった。ことの最中にばれるくらいなら、最初に話しておいたほうがいいだろう。

「……実はぼくはまだ女の人としたことがないんです」

閉じていた聖美の目がはっと開かれた。これは取り返しのつかないことをいってしまったのかもしれない。聖美が服を着て、でていったらどうしよう。耕太はいたたまれなかった。もどってきた声は、耕太の恐れていた嘲《あざけ》りをふくまない穏やかなものだった。

「そうなんだ。耕太くんなら、いくらでもチャンスはありそうだけどね。でも、わたしも初めてかな」

三十四歳で処女？　聖美はとてもそうは見えなかった。

「違うちがう。初めての浮気ってこと。わたし、ダンナがいるんだ」

耕太はしびれたように固まっていた。聖美の声が暗い部屋のなかに流れた。

「もう四年もセックスレスで、わたしも不安なんだ。昔みたいにちゃんとセックスできるのかなあって」

聖美がタオルケットを片手であげて、耕太を自分のとなりに招いた。耕太は黙ったまま聖美の身体を抱き締めた。先ほどのキスのときと同じように、聖美は震えていた。この人も怖いんだ。きっと初めての相手とするときは、誰でも恐れを感じるものなのだろう。セックスには決められた方法も手順もない。毎回がセンスと資質を試される即興（そっきょう）なのだ。聖美の目が暗闇のなかで笑っていた。手は耕太のペニスをつかんでいる。

「ふふ、これなら初めてでも、ぜんぜん心配ないじゃない」

指先についたぬめりを舌でなめていった。

「ちょっとしょっぱい。わたしもね、ほんとはちゃんと濡れるかどうか、すごく心配だった。だって、ほんとに四年ぶりだから」

ごそごそと聖美がタオルケットのなかで動いた。自分の性器を確かめているようだ。濡れた人さし指で、耕太の胸に線を引くと、恥ずかしげに笑った。聖美の目と歯が夜のなかで白い。

「わたしのほうも、ぜんぜん心配ないみたい」

耕太は自分がちいさく吠《ほ》えたのがわかった。つぎの瞬間には全身で、聖美を抱いていた。それからのことは夢のなかのようで、いまだにうまく思いだすことができない。

ただそれが素晴らしい体験であったこと。聖美のなかに最初に挿入《そうにゅう》したときに、これほどあっけないものだったのだと感じたことは確かである。二十七年間の人生で、すくなくともこの十年はいつでも自分が童貞であることが、最大の重荷で苦痛だった。それがなめらかなペニスの一往復できれいに消失してしまう。経験と未経験の差は、粘膜《ねんまく》のひと滑りにすぎないのだ。耕太は腰をつかいながら、おおきな声で笑いたくなった。同時にうれしくて泣きたくもなった。

だが、実際にしたことはまるで別で、聖美のなかに長々と射精したのである。耕太は初めてだったから、聖美が満足したのかどうかはわからなかった。ただ汗ばんだ背中をマニキュアを塗った指先がいつまでもなでていてくれたことを感謝とともに記憶しているだけである。

すべてが終わると、もう一度シャワーを浴びて、聖美はさっさと服を身につけた。あのフィッシュネットのストッキングははくのが面倒だといって、ショルダーバッグのなかに丸めて収めた。

マットレスから、耕太は声をかけた。

「あの、メールアドレス教えてもらってもいいですか」

聖美は目をあわせなかった。

「ううん、ダメ。わたしたちはこれでおしまい。わたし、離婚するつもりはないしね。またいつものレスの暮らしにもどるのかな。セックスってこんなにいいものなのになあ」

なんとなく予想がつく返事だった。けれど、肉体的といってもいいほどのショックが耕太にはあった。聖美は素晴らしい贈り物をくれたが、同時になにか大切なものを奪っていった気がする。

「そうか、もう会えないんだ」

聖美がサンダルをはいた。耕太は彼女がでていく姿を見たくなくて、頭からタオルケットをかぶった。ドアの開く音がきこえる。

「耕太くんは、十分素敵だよ。これからはばんばん女の子と遊べばいいじゃない」

ドアが閉まる音がして、足音が廊下を遠ざかっていく。セックスはきちんと最後までできた。けれど、アドレスひとつ自分のものにならなかった。童貞を捨てることがこれほど簡単で、同時に淋《さび》しいことだと耕太はしらなかった。

記念に夜明けまで起きていようと思ったが、聖美の匂いのなかでいつのまにか眠りこんでしまった。耕太はその夜、もうどんな夢も見なかった。

黒髪クラブ

宮永秀人《みやながひでと》は自分がいつ黒髪を好きになったのかわからなかった。

無理やり理由を探せば、小学校四年生のときの初恋の相手、遠藤優里《えんどうゆり》かもしれない。優里は小柄で細身、バレエ教室に通うきりりとした少女だった。秀人のまえの席に座る優里の黒髪は濡《ぬ》れた一枚の布のようで、小学校に入学してから一度も切ったことがないというのが自慢だった。腰のあたりまである髪を根元で縛《しば》り、あとは流れるままにまかせる。利発で澄《す》ました優里が歩くと毛先は軽やかにスイングし、体育の時間にボールを追うと嵐の夜の滝のように黒々とやわらかに吹きあがるのだった。

それからもう三十年以上が経《た》とうとしている。秀人はいつも髪のきれいな人とつきあってきた。好みとしては茶色に染めているものより断然黒だった。できるならカラスの濡れ羽色と呼ばれる青みがかったほど冷たい漆黒《しっこく》が好みだ。その手の髪質は日本人でもなかなかいなかったけれど。

妻の芳美《よしみ》は顔は中の上で身体はちょっとぽっちゃり型だが、素晴らしい髪をしていた。それも四十歳をすぎて、しだいに衰えようとしている。ぽつぽつと白いものも目立ち始め、なにより髪にうるおいと艶《つや》がなくなってきた。よい髪には適度な湿りとしなやかさが欠かせないが、それは加齢とともに段々と弱まっていく。肌より髪にこそ年齢があらわれる。誰にも力説することはないが、それは秀人の持論だった。髪は肌より早く年をとるのだ。

髪の魅力がしぼんでいくとほぼ同時に、男と女としての夫婦の関係も失われてしまった。どちらからともなくベッドに誘うことはなくなり、秀人は自分の狭い三畳の書斎に、芳美は大型テレビのあるリビングに自然にこもるようになった。

ひとり息子の存在もおおきかったかもしれない。賢太郎《けんたろう》は小学校六年生になったばかりだ。妻は中学受験で名門の私立大学付属にいれたいらしく、しきりに尻をたたいている。夫より子どもの教育や未来のほうが数段大切だ。そんな顔をされたら、セックスなどとてもいいだせるものではなかった。

その春、秀人は四十二歳にして課長職を拝命した。

人事部人間能力開発課。誰も反対できないようなセンスのない命名だ。

定年まで二、三年をあましたベテラン社員に再出発のための基礎的な職業訓練を施《ほどこ》す新設の課である。秀人の会社はハウジングと商業施設の開発を主業務にしているが、課長職は六十人と少々いる。当然、課長にも上への出世が望めるAコースとせいぜい部長どまりのBコースがあった。新設の人間能力開発課は紛《まが》うかたないBコースで、秀人ははっきりと自分の評価がラインをはずれたことがわかった。この先、どれほどがんばっても上は望めないのだ。腹をくるしかない。

ならば好きなことをやってやれ。とりあえず秀人が動いたのは、秋葉原《あきはばら》で最安値のハードディスクを買い、書斎のパソコンにつなぐことだった。これで好きなだけ、黒髪の映像を集めるのだ。今まではいつも容量を気にしていたが、もう静止画だろうが動画だろうが遠慮することはない。何テラバイトでも増設すればいいのだ。どうせもう仕事には輝ける未来などないのだから。

ネットには無限の映像が蓄積されていた。

とくに性にかかわる映像は、ありとあらゆる性癖や嗜好《しこう》を網羅《もうら》して、日々増殖を続けている。乳房が好きな者には専門のサイトと大量の映像、同じように尻専門腹筋専門足専門とすべてのパーツが揃っていた。なかには女性の脇やへそ、足の指専門のフェチサイトまである。そこには秀人のように黒髪をこよなく愛する者が集《つど》うサイトも当然のように存在していた。

最初の数週間、秀人はそこにおいてある映像をひたすらダウンロードするだけだった。同好の士とはいえ、自分から書きこみをしたり、意見を交換したりするのは気がすすまなかったのである。けれど「女性の髪はなにが至高か」という論争がとある深夜に大炎上していくと、ついに秀人も加わらない訳にはいかなくなった。

カラスの濡れ羽色、漆黒の黒髪こそ至高であると。

一度書きこみをしてみると、同好の士が集まる趣味のサイトは楽しかった。誰にも隠すことなく、自分の性癖をオープンにできるのだ。女性の身体よりパーツに過ぎない黒髪のほうに魅力を感じること。いちいち対応に面倒な心や身体など不必要で、女性の髪だけが生きものとして存在すればいいのに。秀人がそう書くと、得意気に指摘する者もいた。フェティシズムは進行すると次第に先鋭化するもので、それは髪フェチにとっては正常進化に過ぎない。あなたの嗜好のほうが、こちらの世界ではあたりまえだ。秀人にとって、長男の試験の成績に文句をいったり、給料や仕事について皮肉をいったりする妻よりも、ものもいわずにただ光をはねる黒髪のほうが好ましいのは当然で、それは多くの黒髪フェチに共通するのかもしれない。

そのクラブの名が、雷鳴のように髪フェチサイトに轟《とどろ》いたのは、初夏のことだった。誰かが書きこんだ、こんな一行が始まりだった。

髪好きのための神クラブ発見！　その名も「黒髪クラブ」

その夜、サイトが騒然となったのがわかった。普段より五割増しで混みあっている。秀人も狭い書斎で背を丸め、パソコンの画面にかじりついた。誰かが質問する。もうそのクラブを実地検分したのか。この手のサイトは中高年が多いせいか、ときどき妙に硬い言葉がつかわれる。

いってきた！　よかった！　予約をとりやすいうちに、このサイトの同志はぜひ。返事は興奮し切ったもので、別な誰かがステマご苦労と冷やかしを書きこむ。だが、その報告者は長文すまぬとひと言断りをいれると、詳細な黒髪クラブ探訪記を記し始めた。

最寄り駅は山手線T駅。秀人の勤め先から、みっつ先のビジネス街だ。その店は普通のデリヘルだが、クラブの名前のとおり黒髪の若い女性ばかり集めているという。料金も九十分一万五千円と普通。近くのラブホテルやレンタルルームで待機して、その女性が派遣されるのも同じ。ひとつだけ違うのは、通常料金から二割引きの髪フエチ専用コースがあることだった。オーナーがクラブの名にちなんだ名物コースをつくるつもりで始めたという。

切る、傷をつける、痛いほど引っ張るといった暴力的なことをしなければ、髪になにをしてもいい。女性の髪を好きなようにたのしめるのだ。髪だけで肉体の接触が必要なければ二割引き、髪も身体もとなると通常の二割増し。

そのサイトに集まった男たちの多くが、断然髪だけのコースを支持していた。もう多くの男たちが普通の性行為は面倒になっているのかもしれない。報告者は間違いなくこのクラブは流行《はや》るから、早いうちにいったほうがいいと文末を締めた。

リビングで長男をしかる妻の怒声が響いた。あなたのためを思っていってるのよ。なんでわからないの。勉強しなくちゃ社会から落ちこぼれるの。秀人は心のなかで自分を笑った。おれは課長の落ちこぼれか。

同時に翌日の就業時間が終わったら、黒髪クラブにいってみようと決心した。落ちこぼれにだって、息抜きも快楽も必要だ。思えばおかしな部署の課長になってから、秀人は心から楽しんだことは一度もないのだった。

定時を一時間過ぎて会社を離れた。これから黒髪クラブにいくのだと思うと、仕事をするのが終日楽しく、作業もはかどるのだった。これくらい心弾《はず》むなら、週に一度こういう日をつくってもいいかもしれない。秀人は課長のデスクで、ずっと心のなかで口笛を吹いていた。

いつもなら素通りするT駅で降車するのも、胸が躍《おど》った。駅周辺は見慣れたもので、秀人は定食屋を見つけると暖簾《のれん》をくぐり、煮魚定食と小瓶のビールを頼んだ。妻はめったに魚料理をしてくれなかった。手が生臭くなるのが嫌だという。ついひとり言が漏れた。

「さて、今夜はどんな娘《こ》がいるのかな」

スマートフォンをだして、黒髪クラブのサイトへ飛ぶ。在籍する女性は三十人弱だったが、その夜出店しているのは五名だった。ひとりずつ見ていく。年齢はばらばらだが、顔写真の目や口元は隠していても、みなきれいな黒髪はいっしょだった。好ましいことにパーマをかけている女性もいない。

金目鯛《きんめだい》の煮つけをつついて甘辛い身をほぐし、ビールをのみながら、これから出会う女性の黒髪（秀人には断固、黒髪の女性ではない）を想像する時間は、近年覚えがないほどの充実感だった。

ゆっくりと夕食を終えると、駅前のロータリーにもどった。風俗店では着信した番号を記録しているところもあるという。自分のスマートフォンのナンバーが残されるのが嫌で、公衆電話を探した。幸い駅前なので、すぐに見つかる。ボックスにはいり、十円玉を落としてクラブの番号にかけた。なんだかひどく懐かしい手続きだ。

「はい黒髪クラブでございます」

若くはない女性の声だった。

「T駅から電話してます。これからお願いしたいんですが」

「ご希望の女性はいらっしゃいますか」

「志《し》のぶさんがいいんですが、空いてますか」

「はい。コースはいかがしましょうか」

ひどく滑《なめ》らかな受けこたえだった。これも黒髪のようだ。志のぶは今いる五人のなかで、一番年上だった。二十代前半では若すぎて気おくれしてしまう。サイトの紹介では二十八歳とあった。二、三歳サバを読んでいても、三十歳前後。それなら秀人には十分に若いし、髪の艶が衰える年齢でもなかった。

「身体はいいんで、黒髪コースでお願いします。九十分で」

「わかりました。ホテルのお部屋から、またお電話ください。お客さまのお名前は」

とっさに同期の出世頭の嫌な男の名前が浮かんだ。これみよがしに若いころから残業していたやつだ。

「安原《やすはら》です」

「では、安原さま、お電話お待ちしています」

こんなに簡単に夢がかなっていいのだろうか。秀人が受話器をもどすと、十円玉が二枚返ってくる。秀人は電話ボックスの戸を開けると、ふわふわとした足どりで飲み屋街になっている駅の裏側にむかった。

この街もなにかと不景気なのだろう。禁止されているはずの客引きやビラ配りの男女が何人も目についた。当然、黒髪クラブの者はいない。すこし湿った通りを三分も歩くと、寂《さび》れた雑居ビルのあいだにラブホテルが見つかった。造りは昔なのだろうが改装を重ねたようで、おかしな電飾や液晶パネルがやけにまぶしかった。なかの見えない自動ドアを抜けて、狭いロビーで部屋を選ぶ。時間がはやいせいか、まだ半分以上が空室だった。

秀人が選んだのは三〇七号室で、二時間で四千二百円の部屋だった。この価格が高いのか安いのか、この手のホテルをほとんど利用したことのない秀人には判断がつかなかった。指先しか見えない小窓で金を払い、カードキーを受けとった。

エレベーターを待っていると、目のまえで扉が両側に開いた。なかにいたのは五十代のスーツを着た男と二十代の女だった。会社員と店で働く女なのだろう。ふたりのあいだには距離がある。男は秀人と目があうと、気分を害したようににらみつけてきた。いれ替わりにエレベーターにはいると先ほどの女の香水のにおいがした。よい匂いでもわるい臭いでもなく、ただ切ないにおいがするだけだった。

三〇七号室にはいると、秀人は部屋の電話からゼロ発信で、黒髪クラブにかけた。さっきと同じ相手がでる。

「安原です。ジュリアの三〇七号室にいます」

「わかりました。あと十分見ておいてください。志のぶさんを手配します。それでは黒髪クラブ、ごゆっくりお楽しみください」

電話が切れるととたんになにもやることがなくなってしまった。秀人は途方に暮れて、ベッドの端にちょこんと浅く腰かけた。


玄関でチャイムが鳴ったとき、五分とたっていなかった。あわてて金属の重い扉を開くと目のまえに女性が立っていた。

「志のぶです。わたしでよろしいでしょうか」

太ってもやせてもいなかった。ただ写真から想像してたより、かなり小柄だ。上目づかいの目のまわりのしわから、三十歳を一、二歳過ぎているように見える。いや、そんなことはどうでもいい。問題は髪だった。

秀人はあらためて、志のぶの髪を観察した。肩を隠すほどの長髪は、油でも塗《ぬ》ったように光っている。色は秀人の好きな青みがかった漆黒だ。この髪なら、体重が一・五倍でも合格だ。志のぶが居心地悪そうにいった。

「あの、わたしでいいでしょうか」

秀人はドアをいっぱいに押し開けていう。

「もちろんです。はいってください」


ベッドの脇にあるハンガーに薄手のコートをかけると、志のぶがこちらをむいた。暗いグリーンのワンピース姿だが、腕の部分だけが透ける素材でできている。薄もののしたの二の腕が妙に色っぽかった。

「黒髪コースで、九十分でうかがっていますが、よろしいですか」

「ああ、はい」

声がうわずらないようにするのが精いっぱいだった。目の前に自由にしていいカラスの濡れ羽色の黒髪があるのだ。

「身体のほうはつかわないなら、シャワーは浴びなくていいですよね」

そういうと志のぶはハンドバッグからデジタル式のタイマーをだして、サイドテーブルにおいた。ワンピースだけ脱いで、ていねいに椅子の背にかけた。

「では、始めます。どうぞ」

そのままベッドに横たわってしまう。照明が明る過ぎたので、秀人は半分くらいに落とした。夢に見ていたとはいえ、さあどうぞと髪を投げだされて困ってしまった。秀人にしても女性の黒髪だけをたのしんだ経験はない。そんなことをすれば、普通の女性はみな怒りだすだろう。

「お好きにしていいんですよ。お金払ってるんですから」

「そういわれても」

自分の心の奥底にある欲望を表現するのは、かなりハードルの高いことなのだと、秀人は思った。秘められたものは、いつだってわるいもの。そう世のなかから教えられてきた気がする。手を伸ばし白いシーツに広がる髪の先端にふれてみる。自分の髪より断然、しなやかでやわらかかった。

「みんな、黒髪コースではどういうことするのかな」

髪にふれて陶然《とうぜん》としながら質問してみる。こうして髪の手ざわりを楽しみながらおしゃべりするだけでも十分な価値があるかもしれない。だいたい男たちは挿入や射精にこだわり過ぎているのだ。あんなものはただの物理的刺激に過ぎないのに。

「いろんなお客さんがいますよ。ずっと髪を撫でている人、何度も何度も指にからめたり、手首に巻きつける人、においをかいだり、なめたりするひとも多いです。それに……」

なにかいいにくそうにしている。秀人はいった。

「なかには変なことをする人もいるんだ」

「変ではないんですけど、たまに髪にかけたがる人もいます」

「かけるって、精液？」

「ええ、そういうときはあとで髪を洗うひと手間が余計にかかるので、二割引きではなくて通常料金をいただいています」

料金を余分にもらっても、志のぶは髪に射精されるのは嫌なようだ。それはそうだろう。秀人も髪は女の命という言葉を熱烈に信じている。床に腰をおろし、ベッドの端にもたれて、黒髪をさわった。志のぶは気をきかせて、頭を浮かせると秀人のサイドに髪をすべて集めてくれた。声がかすれてしまった。

「……あ、りがとう」

豊かな黒髪をきれいな水でもすくうように手にとって、顔を埋《うず》めた。においをかぐと、淡い香水のなかにかすかに女性の汗のにおいがした。汗のにおいなど、男と女でたいして変わらないと多くの女性が考えているが、秀人には大違いだった。同じように塩っぽいにおいがしても、女性はどこか丸みのあるやさしいにおいである。

すぐ耳の横で志のぶの声がした。

「お客さまもずっと髪がお好きだったんですか」

小学生のころからだといおうとして考え直した。もしかしたら生まれつき、自分は女の黒髪が好きだったのかもしれない。

「うん、そうだよ」

秀人は手を伸ばしてヘッドボードにある調光ボタンを押した。ものの形がおぼろにわかるくらいまで明かりを落としてしまう。志のぶはなかなかかわいい顔をしていて素敵な乳房をしているが、秀人にはどうでもいいことだった。なるべく女の髪とふたりきりになりたかった。秀人は髪に顔を押しあてたまま、指先を滑らせている。生え際から毛先までの数十センチの指の腹の旅が、こたえられないほど愉快だった。興奮してはいるのだが、不思議とペニスは硬直していなかった。ただ先がべたりと濡れているだけだ。

志のぶはリラックスして、なにか話していた。手もちぶさたなのだろう。服を着たまま横になっているだけで、通常のコースのように男性へのサービスもしないのだ。

「身体はさわらなくていいんですか」

秀人はデリヘル嬢の言葉を半分しかきいていなかった。

「……ふん」

ため息ともつかない返事をする。黒髪のいいところは、普通の女性のように口をきいたりしないところかもしれない。なぜ多くの女は、ああしろこうしろと男を自分の意思のとおりに動かそうとするのだろうか。

口元にあたる髪を数本、舌を伸ばしてなめてみた。悪い舌ざわりではなかったけれど、それだけでやめておいた。せっかくの髪のかおりが台無しになるからだ。自分の唾液がにおう髪に顔を埋めたくはない。

秀人はこれまでにふれた女たちの髪を思いだしていた。高校二年で初めてつきあったとなりのクラスの女子生徒。髪はしっとりとしていたが、意外なほど太く硬かったことを覚えている。大学時代は短い間隔で、三人の女子大生とつきあった。顔は忘れているが、髪のてざわりと色は覚えている。しなやかで猫毛のような天然パーマの茶髪、あとのふたりはヘアカラーとパーマをかけていて、すこし乾燥気味で荒れていた。なぜ女たちが髪を染めたりパーマ液で髪を痛めつけるのか、秀人にはよくわからなかった。

大学を卒業してからは、ふたりの女性と長く続いた。生活が安定したのかもしれない。最初のほうは髪は黒でまあまあだったが、すこし艶にかけていた。ひどく痩《や》せ型だったので髪にまで栄養が回らなかったのかもしれない。そしてふたり目が今の妻の芳美だった。

そうすると、今までにふれた髪のなかでは、やはり妻が一番きれいだったのかもしれない。

色も、艶も、しなやかさも、背中のなかほどに達する長さも、堂々ランキングの一位である。今では子どもの中学受験にしか関心はないようで、すっかり髪の艶もくすんでしまったが、昔の芳美の髪は素晴らしかった。

秀人は初対面のクラブの女の黒髪に顔を埋めながら、生涯で出会ったさまざまな髪を回想していた。今、顔に押しつけられているものが、昔つきあった女のものか、妻のものか、志のぶと源氏名《げんじな》を名乗った女のものかさえ、わからなくなる。たくさんの女たちの髪にからめとられて、そのまま深くて暗い渦の底に呑みこまれていくようだった。そのさきにはなにもないのだろう。どろどろと大量の女の髪がからまるだけの地獄のような場所。そんなところで死ねるなら本望だと、秀人は微笑《ほほえ》んだ。かすかに唇を開くと、容赦なく女の黒髪が口のなかにはいってきた。幸せというのはこういうことをいうのかもしれない。


「お客さま、あと十五分ですよ」

肩に手をおいてやさしく揺すられた。秀人は目を覚ました。どうやら寝いってしまったらしい。志のぶは明るくいった。

「すごく気もちよさそうに寝ていたので、起こしちゃ悪いかなと思って」

「ああ、ありがとう」

秀人の頭は冴《さ》えわたっていた。子どものころの夏休みの最初の朝のように、澄み切った気分で身体に元気がみなぎっている。ペニスもここ最近覚えがないほどの清々《すがすが》しい硬さだ。

「まだいってないですよね。サービスしますか」

「いや、もう十分だ」

ありきたりの手や口の奉仕と月並みな射精で、この気分を壊したくなかった。結局セックスよりも自分は女の髪のほうが好きなのだと、秀人は内心苦笑した。それでいいではないか。ヒトは遺伝子を残したり快楽を追求する目的で、セックスをおこなう。しかし、いっそ目的のない性のほうが、ずっと人間らしいのだ。

「時間まで、このままでいてくれないか」

ベッドのマットレスにもたれ床に座りながら、秀人は顔だけ女の髪に浸《ひた》していた。このにおいとこの時間をずっと覚えておこう。

「わかりました。お好きなように」

秀人はひたすら幸福な時間に酔っていた。


「時間です」

志のぶが手を伸ばし、明かりをつけた。ラブホテルの豪華だがどこか薄っぺらな部屋のなかがさらされる。ベッドサイドに立ち、こちらに背中をむけて服を着る女を秀人は眺めていた。ふと気がついて、枕に目をやる。

白いピローケースのうえにふた筋の黒髪がうねりながら残されていた。やはりひと言声をかけたほうがいいのだろうか。すこし緊張して、服を整える女にいった。

「抜けた髪が落ちてるんだけど、もらってもいいかな」

志のぶは振りむくと、やや驚きの表情を浮かべていた。笑顔をつくっていう。

「いいですよ。お客さまはすごく楽だったし、嫌なことしなかったので」

秀人は枕のうえの髪をつまむと、コードでも扱うようにていねいに丸めた。どこにしまうか考えて、スマートフォンの手帳型のカバーの内ポケットに大切にいれた。

「そんなところにいれるんですか。奥さんに見つからないように、気をつけてくださいね。では、これで失礼します。また指名してくださいね」

志のぶは部屋をでていった。金属の扉が閉まる重い音が狭い室内に響く。秀人は備えつけの冷蔵庫から缶ビールを抜くと、先ほどしまった女の黒髪をまたとりだし、ベッドのうえに形よくおいた。なるべく生えていたときと同じような毛先の跳ねぐあいを再現する。

それから夢のようだった九十分間を思いだしながら、冷えたビールの最初のひと口をのどの奥に流しこんだ。

初めて彼を買った日

「ミズホもなかなか彼氏できないよね。このまえ紹介した商社の彼はどうだった？」

丸《まる》の内仲《うち》通りにできた新しいカフェのテラス席に、森岡瑞穂《もりおかみずほ》はきていた。午前中は資料の作成でいそがしかった。遅いランチのあとのコーヒータイムである。

おおきな青と白のパラソルのした、正面には同期の横井里香《よこいりか》がアイスラテを手にしていた。東京の真んなかでも、ちゃんと夏はくるのだ。ビル街の谷間にパセリのように植えられたケヤキは若葉《わかくさ》色の枝先を広げ、空にそよいでいる。

「ああ、あの人ね。パスタをたべるとき、いつも口を半分開けてた。ずっとくちゃくちゃしてたよ」

里香はグラスをおいていった。

「うわっ、それは耐えられない。スペック的には年収も身長ももうし分なかったはずなんだけどなあ。顔はよほどのブ男でなければ、まあ慣れるもんね。年をとるとスタイルが大事だよね」

　スタイルだけでなく、顔もやっぱり重要だ。瑞穂はそういいそうになって話を変えた。そんなことを口走ったら、この十八ヵ月の彼氏いない生活の原因と責められそうである。

「それで、一番理想の女性はお母さんだって」

　里香がウエッと吐きそうな声をまねた。

「そんなアホな台詞《せりふ》今どきいうやつがいるんだね。今度、大樹《だいき》にあったら文句いっとくよ。くちゃくちゃたべのマザコンなんか、紹介するなって。ミズホに失礼だよね」

　橋本《はしもと》大樹は里香が学生時代からつきあっている恋人だった。瑞穂も何度かのみにいったことがある。

「そんなことより、あと十日で誕生日だよね。これでわたしと同じ二十八歳か」

　里香は同学年だが四月生まれなので、三ヵ月も早く先に年をとると毎年文句をいっている。瑞穂は同期の友人から目をそらし、ビル街の谷底から青い空を見あげた。雲はない。すっきりとした青空が、磨《みが》きたての窓のように平面に広がっている。

　わたしの二十七歳も終わってしまうのだ。瑞穂はしみじみ淋しさを感じていた。十代のころから、女としての最高の年齢はなぜか二十七だと信じていたのだ。その年になれば女性としての魅力は完成され、仕事もまかされるようになり、ステディの彼と結婚の話もすすんでいるかもしれない。理想ではなく、十代からそんなふうになると自然に思いこんでいたのである。

瑞穂の身長は百六十四センチ、やせ型だがバストはあり、顔も上の中くらいのレベルだと冷静に判断していた。学生時代に告白されたことも、片手では足りないくらいある。そのわたしが黄金の二十七歳の一年間を、セックスどころか一度もキスさえしないで終えようとしている。世界はどうなってしまったのだろうか。これほど不公平なことがあるだろうか。男性を見る目はそれほど厳しくないつもりだけれど。

「そうそう、佐々木《ささき》先輩って肉食で有名じゃない」

佐々木優実《ゆみ》は三十三歳でグループリーダーになった出世頭である。女性活用の波にのって、将来の取締役候補という声もある。仕事ができるだけでなく、男関係の噂も女性社員のあいだでは有名だった。里香は白い革の財布からカードを一枚抜きだした。

「このまえふたりでのみにいったときにもらったんだ。はい、ちょっと早いけど誕生日のプレゼント第一弾」

日傘のしたのテーブルには、純白の正方形の名刺がおいてあった。手にとると明朝体の繊細な文字で、『クラブ・パッション』と刷られている。残りは電話番号が一行だけ。住所も、どんな業種かもわからない謎めいたショップカードだ。

里香は上目づかいで声を殺した。

「このまえミズホ、性欲爆発しそうだーっていってたよね。そこのクラブでは一時間一万円で若い男の子が買えるんだって。なにをしてもいいらしいよ」

衝撃的だった。そんな世界が自分の住む街にあるのだ。ちらりと空席をひとつおいたテーブルに目をやると、若い会社員が必死にノートパソコンをたたいていた。仕事ができなそうな男。

「一時間一万円？」

「そう。食事をしても、お酒をのんでも、映画を観にいっても、ベッドに連れこんでもいいんだって。まあ映画はちょっともったいないか」

二時間いっしょに映画を観て、二万円か。確かにすこし高いかもしれない。けれどうちの会社の今年の業績は悪くなかった。当然、瑞穂のボーナスもかなりのものだ。もし相手が素敵な人なら、映画二本分くらい問題はなかった。

「うん、つかうかわからないけど、ありがたくもらっておくね。むしゃくしゃしたときなんかに、いいかもしれないし」

里香はうなずいていった。

「男が女を買ってもいいんだから、逆でもわたしはぜんぜんいいと思うんだよね。それにさ……」

同期が顔を近づけてきた。アイシャドウの色をすこし変えたようだ。真珠色に光るグリーンがはいっている。

「すごくおもしろそうじゃない。ミズホがこのクラブつかったら、どうだったかくわしく教えてね。そこの番号、わたしもスマートフォンにいれておいたから」

「わたしがそんなクラブつかうはずないじゃない。まあ、もしかしたらのときは報告するよ」

ふたりで声を抑えて笑った。こんな姿は元カレには絶対に見せられないなと、二十八歳まであと十日の瑞穂は思った。

ホテルのカフェからは、新宿《しんじゅく》中央公園の緑が遥か眼下に見えた。空気に水分が多いせいだろうか。すべてが白くかすんでいる。無限に続く東京のビル群がコンクリート色の砂漠のように、まぶしい曇り空のした広がっている。

瑞穂は数日、クラブを使用するか迷った。こうして、ホテルのデイタイムサービスを予約したのは、どうしても二十七歳の一年間を誰ともセックスせずに終えるのが我慢ならなかったせいだ。十七歳でヴァージンを失ってから、一年間誰とも寝なかったことは一度もない。その記録をあこがれだった二十七歳で破ることは、大人の女性として到底できなかった。

会社が丸の内にあるので、ホテルは新宿にした。高層ビルの最上部に客室をかまえた外資系である。以前、同期の女子会でここのレストランをつかったことがあった。味よりも空間デザインと内装に驚いたことを覚えている。

距離をおいて設置された黒革のソファセットのあいだを、細い腰をエプロンで締めあげたウエイターが姿勢よく役者のようにいきかっている。ここはスタイルと顔で、人を雇うのだろうか。

エレベーターホールのほうから、若い男性がやってきた。身長は百八十にすこし欠けるくらい。控えめだが、清潔感のあるルックスだった。髪は短い。その男性は周囲を見わたすと、すぐ瑞穂に気づいたようで、まっすぐにむかってきた。雰囲気のいい男がこちらにやってくるのを待つ時間は、いつでもいいものだった。

男はテーブルの一歩手前で立ちどまると会釈して、瑞穂にだけきこえる低い声でいった。

「初めまして、『クラブ・パッション』からきました。リョウです」

もう両手では足りない男とつきあってきた瑞穂だが、胸のなかに心臓がいくつもできたのかと思った。複数の心臓が勝手に別々な鼓動を刻んでいるようだ。声だけはしっかりと抑えた。

「どうぞ、座ってください」

「失礼します」

リョウという若い男が正面に座った。大学生くらいだろうか。一秒の半分ほど目があって、おたがいに相手を探っているのがわかった。黒いスーツはタイトで、淡いブルーのシャツの襟はとがってちいさい。ネクタイは濃紺で、プレゼントにかけたリボンほど細かった。

「ここは気もちのいいカフェですね」

声も悪くない。ひそかに日記をつけている少年のようだ。こんな人がボーイズクラブの売れっ子なのか。瑞穂は渋谷《しぶや》センター街にたむろするチャラい男たちを想像していた。

「うちのクラブは初めてでしたね。緊張なさっていますか」

きちんと敬語もつかえるようだ。

「ええ、緊張しています。でも自分でもびっくりだけど、ドキドキもしているみたい」

ひと言話せて、ようやくいつもの調子がもどってきた。感じのいい微笑を浮かべて、リョウがいった。

「それはどういうドキドキですか」

瑞穂は開かない窓の外に目をそらし一瞬考えた。公園の緑がパセリみたいだ。

「あのね、一般的な女性は出会ったばかりの人とすぐにエッチをすることは、なかなかないと思うんだ。すくなくともわたしはそう」

瑞穂はワンナイトラブの経験はなかった。出会った最初の夜いくら盛りあがっても、ベッドにいくのはつぎのデートからだった。江戸時代の吉原《よしわら》と同じだ。二度目に遊郭《ゆうかく》に訪れ、裏を返さなければ高級な花魁《おいらん》とは寝られない。

「わかります。そういう人のほうが女性は多いですよね。でも、瑞穂さんはドキドキしている？」

初めて名前を呼ばれた。距離の詰めかたがいい感じだ。

「そうね、男の人たちがいうみたいに、よくしらない相手に欲望をもつ感覚というのかな、それがすこしわかった気がする」

「女性は街を歩いていて、タイプの男性とすれ違ったときなんかに、あれこれと妄想《もうそう》はしないんですか」

出会ったばかりで異性への妄想の話をしている。なんだか瑞穂は愉快になった。

「するといえばするけど、それは男の人たちみたいにすぐエッチをしたいという妄想でないことのほうが多いんじゃないかな。『やりたい』ではなくて『この人とつきあったら』っていう感じだと思うんだ」

片方の唇だけつりあげて、リョウが笑った。

「なるほど。男性ほどダイレクトではないんですね」

瑞穂も笑った。自然に笑えたことに自分でもすこしビックリする。

「ええ、男の人みたいにいきなり裸でもつれあってるなんて想像はあまりしないかな。すくなくとも、わたしはね」

今度は時間をかけて、リョウがにっこりと笑みをつくった。自分の表情にどんな威力があるのかわかった笑顔である。すこし憎らしい。

「ぼくは瑞穂さんに呼ばれたコールボーイです。頭のなかで、どんなにやらしい妄想をして、つかってもらってもかまわないんですよ」

そこで言葉を切って、軽くため息をついて見せる。

「どんなにがんばっても、なかなか妄想に追いつくのはむずかしいんですけど、全力でお相手させてもらいます」

おもしろい。自分のような客をたくさん相手にしてきたのだろう。だが、不思議と汚《けが》れや卑《いや》しさを感じさせなかった。どんなセックスをするのか、想像もできない。

「どんなふうにされるのがお好きなんですか」

初対面から十分とたたずに、自分の好きなセックスについて話す。これはどういうプレイなのだろうか。

「お嫌なら黙秘でもかまいませんけど、すこしでも瑞穂さんの好みがわかると、ぼくもスムーズにはいっていけます」

長くつきあった相手にしか、自分のセックスの好みを伝えたことはなかった。それもわざわざ口頭でレクチャーするのではなく、ベッドのなかで身振り手振りでそれとなく伝えてきたのだ。でも、来週でわたしも二十八歳になる。難題だけれど、挑戦してみよう。

「うん、わかりました。えーっと、最初はやさしくていねいに、それで調子がつかめたら大胆な感じで」

リョウがくすりと笑った。

「そういうの、ぼくも好きです」

強いエールを送られた気がする。瑞穂の頬が熱くなった。顔が赤くないだろうか。

「それで、最後は激しくめちゃくちゃにやられちゃうっていうのが、やっぱりいいかな」

「すごいですね。これから上の部屋で、それ試してみます」

なにをいっているのだろうかと瑞穂は思った。リョウはこういう異常な状況に慣れているようだった。

「いいですか、瑞穂さん。ぼくの手や、顔や、身体を見ながら、うんとめちゃくちゃにされるところを想像してみてください。なにもいわないでいいですから」

瑞穂は目のまえの青年に身体中をさわられ、指で無残に開かれ、硬い異物をさしこまれるところを想像した。想像のなかでは必死に腰をつかっているのに、リョウは今と同じ微笑を浮かべている。まずい。身体のなかをひと筋の水が流れていくのがわかった。さすがに売れっ子のコールボーイは違う。地上三十数階のカフェで、もうセックスが始まっているのだ。

瑞穂はなんとか態勢を立て直そうと、目のまえのカップに目をやった。

「リョウくんはハーブティが好きなの」

爽《さわ》やかに笑って、リョウはいう。

「コーヒーや紅茶みたいに香りが強いものは汗にでますから、お客さまといっしょのときは控えるようにしています」

「それじゃあ、餃子《ぎょうざ》とか焼き肉とかもダメなんだね」

「ええ、そういうのは仕事がうまくいったときに、ご褒美《ほうび》でたべる感じですね。でも普段からニンニクとかニラとか香味《こうみ》野菜は避けるようにはしてますよ」

感じのいい人だった。きっとどれほどたくさんの女性と寝ても、汚れがたまらないタイプなのだろう。この世界には不思議な男性が存在する。瑞穂は思い切っていった。

「わたし、男の人にゆっくりと服を脱がされるのが好きなんだ」

「わかりました。最初はやさしくていねいに、服はゆっくりと脱がす」

瑞穂も頬を染めて、いつの間にか笑っていた。リョウは続ける。

「それで最後はめちゃくちゃに」

めちゃくちゃにのところだけ、瑞穂もちいさくかすれた声を重ねた。

「リョウくん、部屋にいきましょう」

瑞穂は汗ばむ手で、ジャケットのポケットのなかのカードキーの角にふれた。

部屋は四十二階の角部屋だった。寝室にはふたつの面に窓がある。まぶしい東京の曇り空を見晴らすはずの窓は、分厚いカーテンで二重に閉じられていた。手はエレベーターのなかで、すでにつないでいた。明かりをつけずに、クイーンサイズのベッドまでまっすぐにむかう。暗がりできく自分の声は獣《けもの》みたいだと瑞穂は思った。

「わたしはさっきシャワーすませた。リョウくんはどうする？」

「ぼくもこちらにくるまえに浴びてきました」

ふたりだけの部屋に帰ってきた気軽さだろうか、瑞穂は自分でも驚くようなことを口走った。

「じゃあ、もう準備はできてるね、わたしたち」

相手はまだ大学生だろう。たぶん七歳か八歳年下だ。こちらがリードしても、おかしくない。瑞穂が先に手を伸ばそうとしたところで、リョウが動いた。アイスダンスでもするように、するりと背後にまわった。手は腰骨にそっと添えられる。羽のように重さを感じさせない置きかただった。

「ええ、準備はできています」

耳に半分息でかすれた声が吹きこまれた。体温が二、三度上昇したようだ。瑞穂の尻に熱いものが押しつけられていた。布地越しにも硬さとおおきさがはっきりとわかった。ほんとうに準備ができているのだ。若さのせいだろうか。瑞穂はいつも硬直したペニスを見たり、握ったりすると一気に興奮するのだった。自分だけでなく多くの女性もそうだと思う。男性器は女たちが見やすいように、あんなふうに突きでているのだ。言葉で確認せずにはいられなかった。

「リョウくん、立ってるね。すごく硬いみたい」

だらりと垂らした瑞穂の手を誘導してくれる。陸上のバトンでも手渡すように、てのひらを丸めるとすっぽりとペニスが収まった。リョウの手はワンピースのうえから胸を支えている。重さを確かめているのだろうか。唇がおりてきて、耳たぶにふれた。首筋から背中一面に鳥肌が立つ。人の身体を流れる興奮は、電流のように速かった。

「ワンピース、脱がせますね」

首の後ろにちいさなボタンが六個並んだ着るのが面倒なワンピースだった。ボタンは同じ生地のくるみボタンで、生地も薄く繊細な柄のサマードレスだ。不器用な男にはボタンをまかせるのがためらわれる造りだった。リョウにはそんな心配は無用だろう。

「最初のボタンです」

首の後ろ、とがった背骨の上にキスをされた。つぎのボタンをはずすと、空気にふれた部分にまたキスをしてくる。それも舌で濡らすのではなく、唇がふれるかふれないかのぞくぞくするようなキスだった。ボタンの間隔は二、三センチ。そこをかすめるようにすべて唇で埋めて、リョウのキスは背中をおりてくる。

「すごいね、大学でそんなこと教えてくれるの」

なんとか普通に話すのがやっとだった。おかしな声が身体の奥から漏れてくる。ペニスをじかにさわりたくてたまらなくなった。後ろ手でなんとかファスナーをおろしていく。リョウは薄手のボクサーショーツをはいていた。

「ちょっと待って」

ショーツのあわせ目からペニスを出してくれた。これが若さなのだろうか。ガラスの棒のような硬さだ。人さし指で先端をふれるとつるりと滑った。負けたくなくて瑞穂はいった。

「女の子みたいに濡れてるね」

リョウの声は直接鼓膜に響く風のようだ。

「濡れる男は嫌いですか」

「大好き」

セックスでこんなふうに素直になれたのは、いつ以来だろうか。リョウはテクニックというより、ムードをつくるのが巧みなようだ。ボタンがすべてはずれると、ワンピースを床に脱ぎ落した。リョウはしわにならないように、ソファの背にふわりとかけてくれる。ゆきとどいた男子だった。

瑞穂はブラジャーとショーツ姿でゆっくりと朽《く》ちた木が倒れるように、ベッドに横たわった。クイーンサイズのベッドは広大な広さだ。この上で暮らせそうだった。

「ブラジャーとりますか」

「えっ、みんなしたままするの」

瑞穂はうつ伏せになって背中をむけた。するりと果物の皮でもむくように、ブラジャーを抜いてくれる。

「そういう人もけっこういますよ。胸の形が好きじゃないとか、見られると緊張するとか。もちろんそういう人はしたままで問題ありません」

おもしろいものだった。瑞穂の胸はそれほどボリュームはないけれど、形はいいと思っている。胸を張って、リョウに見せつける。

「服を全部着たままでという人もいました。下着だけ脱いでするんです」

瑞穂はショーツ一枚でくすりと笑った。

「へえ、でもしわくちゃになっちゃうでしょ」

「その人、帰りの着替えをもってきていたんです。なんだか裸でするより興奮するといってました」

こんなふうにベッドの最中におしゃべりをするのも新鮮だった。今までの相手は黙って静かにすることが多かった気がする。秘密のおしゃべりは心を解放する。

リョウはやさしく胸にふれてきた。乳首から遠く、胸のふくらみの裾野《すその》のほうからほぐしてくる。瑞穂は思い切って足を開いた。

「わたし、胸があまり感じないんだ。それでショーツの上からさわられるのが、けっこう好き」

くすりと笑って、大学生がいった。

「してほしいこと、してほしくないこと、なんでもおっしゃってくださいね。うちのクラブではなんにも我慢することなんてないですよ」

クロッチの脇、太もものつけ根をかすかにふれてくる。なかなか性器には指を伸ばしてこなかった。じれったくなって、瑞穂は腰をよじらせた。声に甘い息が混ざってしまう。

「わたしも、その人に、似てるかも。帰りのショーツもって、きてる。ねえ、リョウくん、お願いだから」

言葉の途中でクリトリスを正確に突いてきた。悲鳴のような声が漏れる。

「じゃあ、ショーツびしょびしょに濡らしていいですね」

瑞穂はショーツの上から、何度もいかされてしまった。外国製のレースのショーツは、肌より一段濃いヌードカラーだ。クロッチの部分はひものように細くなって、くいこんでいる。ようやく瑞穂はギブアップした。

「リョウくん、もう脱がせて」

挿入もじれったくなるほど、ゆっくりだった。カタツムリのおつかいでもこれほど遅くないかもしれない。避妊具をつけた先端がゆっくりと、瑞穂の縦長の唇を割ってくる。ここまでショーツの上からいじられてきたので、それだけでいきそうになった。

「早く全部ちょうだい」

リョウが腰をすすめてきた。腰骨と腰骨、恥骨と恥骨がぴたりと接した。

「これで全部です」

腹の奥まで満たされた充実感がある。こんな切ない空洞を抱えて生きるように、女性をつくった神さまはひどく皮肉だ。足を開き、両手を若い首にかけて、瑞穂はリョウを見あげた。目と目がつながる。室内は暗いのに、リョウの目は生きいきと光っているように見える。恋人同士のセックスでも、こんなふうに見つめあうことはすくない気がした。

なぜかリョウは一番奥まで到達させたペニスを静止させている。瑞穂はかすれた声でいった。

「リョウくん、動かさないの」

「今、瑞穂さんの中がぼくの形を覚えているんです。しっとりなじめるように」

驚いた。そんなことは今までの男から、きいたことがなかった。

「そうすると、違うの」

リョウは恥ずかしそうに笑った。つながった男の笑顔で胸がキュンとなる。

「これはぼくだけかもしれないです。でも、なじませてから動いたほうが、女の人の反応がよくなる気がして。瑞穂さん、そろそろ動きますね」

リョウの腰が動きだした。荒々しさはなかった。恐ろしく精密に組みあげられたエンジンのなかで、たっぷり油を塗られたピストンが滑らかに上下する。まるで抵抗や暴力を感じさせない不思議な腰の動きだった。

　奇妙なのは、瑞穂の身体の内部がリョウの動きにぴたりとフィットしていることだった。それだけでなく、自分も気がつけば男のリードにあわせて、懸命に腰をつかっていた。正常位で下にいるのに、必死で腰を振っている。初めての経験だった。

　瑞穂はそんな自分をはしたないと思わなかった。リョウも、わたしも、それぞれの人間を超えた、もっとおおきなものの一部なのだ。それを命と呼んでも、神さまと呼んでも、未来と呼んでもいいのだろう。自分よりもずっとおおきなものの一部となる、目もくらむような快感に酔って、瑞穂は腰を振り続けた。


「お先に。いつもこんなふうにするの」

　瑞穂はシャワーを浴びて、ベッドに戻っていた。リョウの隣に潜りこもうと、シーツをあげたとき、浅瀬の海のようなセックスの匂いがした。嫌いな匂いではない。大学生の前髪が乱れていた。こんなになるまで、がんばってくれたのだ。金で買った男なのに急に愛《いと》しくなる。

「いつもこんなふうにできるように、努力はしています。でも、なかなか今日みたいに初めての人とうまくいくことはすくないかな」

「クラブのナンバーワンだってきいたよ。あなたみたいな腕利きでも、そうなんだ」

リョウはうつ伏せの上半身を起こした。

「あの、どんな男でも、セックスのときにできるのは五十パーセントですから。上手《うま》いとか下手《へた》とか、みんないいたがりますけど、四十点と五十点の差なんて、たったの十点です」

「あとの五十点は？」

ムードや体調や好きな気もち、もちろん性欲もあるだろう。セックスには変数がおおすぎる。だから毎回予想を裏切られるのだ。たいていは下側のほうに。

「もちろん女の人が五十点です。今日はすごく上手くあわせてくれたから、こんなにいいことができた。瑞穂さんに感謝です」

欲望を吐きだしたあとの男から、感謝などという言葉をきいたことがあっただろうか。リョウにきこえないようにちいさくため息をつく。

「じゃあ、わたしたちの相性がよかったんだね」

「ええ、そうかもしれません。でも、相性ってあやふやで、急によくなったりすることもありますから。ぼくは相性が悪いといって、パートナーをすぐ切り捨てる人が苦手なんです。好きで楽しみながら努力すれば、絶対によくなるはずだから」

リョウはビジネスでセックスをしているのに、性に対しては理想主義者なのだろう。そういえば、この人は女性の性欲やセックスを軽んじたり、蔑視《べっし》するようなことは決して口にしなかった。多くの男は性を悪しざまにけなすことで、自分が性欲に振り回されない「高潔」で「潔癖」な人間である振りをしたがる。この大学生には偽装したヨロイがなかった。だから、自分もこんなふうに気軽に自由にベッドで振る舞えたのかもしれない。

「リョウくん、このあとの時間って空いてる？」

自分でそう口走って、激しく後悔した。相手はクラブ一の売れっ子だ。このあとも予約で埋まってるはずだった。

「いいえ、延長できますよ。ぼくは一日一人しか、予約はいれないんです。無理をすると、どうしてもいい仕事ができないですから」

うれしさが顔にでてしまった。声まではずんでいる。

「そうなんだ。じゃあ、延長お願いするね。下のレストランで、晩ごはんたべましょう」

瑞穂は裸のままで、サイドテーブルの電話機に手を伸ばした。ゆっくりと泡のたつワインでものみながら、リョウがどうしてこんな人間になったのか、いやどうしてこんなセックスができる男になったのか、話をきかせてもらおう。きっとつぎの男をさがすときのいいヒントになるかもしれない。

瑞穂は楽しみでたまらなかった。来週には誕生日がやってきて、もうひとつ年をとる。二十七歳が最高の一年だと信じていたけれど、つぎの二十八歳もいい年になりそうだ。

「シャワーいってきます」

リョウがベッドからでていく。若い男の肩から、背中、腰と尻、長い脚。瑞穂は暗いベッドルームを遠ざかるリョウの裸のうしろ姿を、記憶のなかに刻みこんだ。これが自分自身に贈る誕生日プレゼントである。

「ハッピーバースデイ、わたし」

瑞穂はちいさくつぶやくと、シーツを鼻まで引きあげて、海のようなセックスの匂いをかいだ。

あの静かで特別な夏

彼女との待ちあわせは、ホテル一階のラウンジだった。金沢《かなざわ》市の中心部にある航空会社系の巨大なホテルである。わたし個人の旅行なら、もうすこしちいさな隠れ家風の宿泊施設を選ぶのだが、出版社が手配してくれたものだ。文句はいえない。

毛足の長い絨毯《じゅうたん》を踏んで、ラウンジに入った。遅い午前の日ざしが斜めにさしこむ窓際の席で、すらりと背の高い女性が立ちあがる。淡いブルーの半袖サマードレス。篠崎《しのざき》芙美奈《ふみな》は石川《いしかわ》県の出身で、大学では同じテニスの同好会に所属していた。

「久しぶり。すこし痩《や》せた？」

「うん、二年前に。それから体重は戻らないみたい。ラッキーだね」

二年前の夏、芙美奈は離婚していた。夫も同じサークル仲間で、名前は篠崎友和《ともかず》。篠崎は神経はすこし細かいけれど気のいい男で、スライスサーブが得意な、わたしの親友だった。

「昨日のスピーチ、すごく立派だった。学生の頃と比べると、とても同じ人には思えなかったよ。あの頃はつまらない冗談ばかり」

わたしは大学卒業後数年アルバイト生活を送り、なぜか小説を書きだし、作家になっていた。金沢にきているのは、当地で選ばれた文学賞の授賞式に出席するためだ。パーティでは似あわないタキシードを着て、胸に道化のようなコサージュをつけ、文学と創作について自分でもよくわからないことを、マイクの前で口走っていた。フラッシュの嵐。内容はうれしいことに、すべて忘れている。

「もう二十年もたっているんだよ。芙美ちゃんだって、ずいぶん大人になった」

「そうね、わたしたちはみんな大人になった」

芙美奈はなにかを思いだしたようにくすりと笑った。首筋にはあの頃はなかったネックレスのようなしわが二重に浮かんでいる。同好会のマドンナはさらりといった。

「大人になるって淋しいことだね」

小説のクライマックスの台詞のようだった。年をとることも、大人になることも、生きていることも、みな淋しい。人は淋しい生きものだ。作家になってからわたしの頭は、月並な名言の自動販売機のようになってしまった。言葉をつかうのを、もうやめたいと思うこともある。

「篠崎とは連絡をとっているのかな」

質問すると、芙美奈は首を横に振った。ちいさいけれど、激しく。

「ううん、ぜんぜん。あなたは？」

とりあっていた。この金沢旅行の直前にも、渋谷で会って話をしている。芙美奈はどうしているのかな。元気でやっているかな。新しいボーイフレンドはできただろうか。篠崎はそういっては、ハイボールのグラスを何杯も空けていた。別れ際に唐突にいわれたのだ。もしあいつがまだひとりで、おれとやり直してもいいと思っているようなら、おまえが仲をとりもってくれないか。お願いだ。東京メトロの改札で別れた中年の背中を思いだす。人生は淋しい。

「たまに連絡してる。向こうで頑張って働いているよ。芙美ちゃんは新しいボーイフレンドとか、いい男とかいないのか」

ニッと白い前歯を閃《ひらめ》かせ、芙美奈は笑った。サークルで一番人気だった少女の爽《さわ》やかさは、二十年たっても変わらなかった。

「さすが恋愛小説家だね。すぐそうやって核心をついてくる。今、特定のボーイフレンドとかはいないよ。ひとりでいるのに慣れちゃった」

篠崎にとっていいニュースなのか、悪いニュースなのかわからなかった。

「仕事はどっちの名前でしているの」

「篠崎のまま。そちらの名前で、得意先に覚えてもらってるから。結婚で姓を変えなきゃならないなんて、女ってめんどくさいね」

篠崎は東京出身だが、金沢にきて婿入りした。最初は芙美奈の旧姓・吉井《よしい》を名乗るはずだったけれど、自分の姓を変えるといったのは、芙美奈のほうだったらしい。普通の養子になってくれると信じていた親とはだいぶもめたという。芙美奈の家はかなりの旧家で、当地では名前が通っている。篠崎は離婚で金沢にいられなくなり、今は東京で新しい仕事を見つけていた。

「そうなんだ。今でも篠崎姓なんだ」

「めんどくさいから、そのままにしているだけだよ。深い意味はないから」

「じゃあ、誰かといっしょにもう一度やり直すなんて気は、今はないんだね」

「そういうことになるのかな。来週にでも理想の人と出会って、恋をしてるかもしれないけど、この年になるとなかなかね」

人生の半分を過ぎてからは、そう簡単に恋もできないのだろう。心が硬くなり、動きにくくなる。創作を職業にしているわたしでさえ、音楽でも映画でも小説でも、若い頃とは違い、吸いこまれるように全身で楽しめなくなった。思い切っていった。

「ひとつきいてもいいかな。気が重くなるかもしれないけど」

「別にいいよ」

「なぜ、篠崎と別れたんだ？」

一瞬、芙美奈がフリーズした。固まったパソコンの青いディスプレイのようだ。すぐに復旧して口を開く。

「朝から晩まで、毎日毎日、いっしょに長い時間い過ぎたのかもしれない。あのときの春と夏って、特別だったでしょう」

二年前のことになる。忘れられない感染症の季節だった。東京でも金沢でも、ニューヨークやパリや北京《ペキン》でも、人々はみな家に引きこもり息を潜めていた。記憶に新しいコロナの季節。

「リモートで仕事をして、毎日三食たべる。彼は朝ごはんが終わると、すぐにお昼なにたべようか。昼ごはんが済むと、夜なにたべようかっていうの。毎日毎回必ずね。つぎになにをたべるかが、人生最大の関心になったみたい」

あの頃は誰もが同じだったのではないか。文明人から病を恐れる動物にまで、進化の段階を引き戻され、たべることくらいしか楽しみがなくなったのだ。篠崎を責めることはできないとわたしは思う。芙美奈がいった。

「彼は料理とか得意じゃなかったし、スーパーで買いものするのも苦手。すべてわたしの責任だった。こちらにも仕事があったのにね。ずっと同じ屋根の下にいて、気になることがたくさん出てきてしまったの。自立心や思いやりのなさ。生活のいい加減さ。ほかにもたくさん」

言葉に困ってしまう。

「うーん……そうだったのか」

わたしの周りにコロナ離婚はないと思っていた。芙美奈がそうだったのか。感染症は変化を加速させるという。世界でＩＴ化が急速に進行したように、夫婦の間で愛情が色あせる早さも急加速したのかもしれない。

「二ヵ月が過ぎて、自粛が解除されたときには、もう別れようと決心していた。うちには子どももいないし、今別れないときっと後悔するって。あのまま年をとっていくのは考えられなかった。定年になったら、コロナと同じ暮らしが待っているって」

眉をひそめているのに、口元には強固な微笑が浮かんでいた。芙美奈は意志の力で笑っているように見えた。

「その話、篠崎にもしたの」

「ううん、はっきりとはいってない。彼は考え過ぎだって。コロナのせいなんだから、病気がなくなれば、うちも元に戻るって」

「でも、芙美ちゃんにとっては、そうじゃなかった？」

「わたしは自分の心が変わったことがはっきりとわかった。もう彼を愛していない。愛していない人とずっといっしょに暮らすなんて、相手を馬鹿にしている。それは間違いだって」

生真面目《きまじめ》で潔癖な芙美奈らしかった。ごまかしながら結婚生活を送る夫婦など、世のなかにはいくらでもいるのだが、それは彼女のやりかたではないのだ。わたしは親友の依頼を心のなかで諦《あきら》めた。もう一度同じ道に戻ることを、芙美奈は望んでいない。きっと離婚後の二年間、考えたこともないだろう。

「そうか、じゃあ完全に終わったんだ」

「そう、完全に終わったの。今日は夕方の新幹線で帰るんだよね」

「うん、金沢駅に四時」

芙美奈が伝票をつかんで立ちあがる。

「わたしのホームグラウンドだから、おごるね。ひがし茶屋街にお友達がやってるワインバーがあるんだ。そこの個室を予約してあるから、すこし早いけどお昼にしましょう」

わたしは石畳の路地や江戸（というより加賀？）風の古い街並みを思いだした。瓦《かわら》屋根と格子戸《こうしど》とやわらかに光を透かす和紙。篠崎と三人で結婚式後のみ歩いた街だ。

「また浅野《あさの》川沿いに散歩したいな」

「いいわね、それ。食後にね」

わたしたちはレジで会計を済ませ、海の底のように静かなロビーを渡った。

「いってらっしゃいませ」

若い制服の男性が笑顔で扉を支えてくれる。タクシー乗り場に向かった。そこではフロント係も、ドアマンも、タクシー運転手も、もう誰ひとりマスクをしていなかった。もちろん、わたしと芙美奈も。

コロナは去り、世界には新しい夏がきていた。

私にとって元旦那とのセックスは家庭を円満にするためのものでしかなく、エクスタシーを感じるどころか、できれば避けたいものでした。しかし離婚を経て、40歳を過ぎて出会った方と恋に落ち、初めて性の喜びを知ることができました。とはいえ、衣良先生の小説に登場する女性のように何回も簡単にイクことはできません。先生の経験上、女性はあんな風にイクものなのでしょうか？　また、ひろなさんは経験豊富かと思いますが、エクスタシーを感じるためにはどんなことが必要だと思われますか？　体の相性が良いこと？　相手のテクニック？　相手が「大好きな人」であること？　ぜひご意見を聞かせていただきたいです。(40代・女性)

石田　アイドリングしてる時間まで丸々書くことはできないから、短縮してるよ！(笑)。

早川　アイドリングの描写で80ページぐらいになっても困りますよね。

武井　それから私、経験豊富なわけでもないんだけどなぁ〜。

石田　それは、時々（ラジオで）失言してるからじゃない？(笑)。

武井　え〜？（笑）。エクスタシーを感じるために、相性は大事だと思います。でも、テクニックって言われると、ピンとこないなぁ。

石田　僕は、女性が成熟してゆっくり楽しむ余裕があること、相性、恋愛感情の三つのバランスが大切だと思うなー。特に、女性がゆっくり楽しめる余裕を持ってることじゃない？

武井　私、練習してます（笑）。

早川　練習って？

石田　妄想や、いい男を見ることなんかも練習になるよね。

武井　そうそう。多方面での練習。

早川　あら。じゃあひろなさん、これからが楽しみじゃないですか。

武井　確かに！　アラフォーになるのが楽しみですね。

石田　女性は遅くに開花した人のほうがずっと盛り上がれるよね。だから「10代後半〜20代前半が女性のピーク」なんて意見をよく聞くけど、はずれてると思う。

武井　それを思うと、ただ単に「若い子がいい」って言ってる男の人ってクソじゃないですか!?

石田　そういう男は幼いんだよね。

早川　歳を重ねて成熟していくという話からすると、もし夫婦間で（セックスが）うまくいってなかったとして、相性はあるにせよ途中から良くなることも？

石田　そうそう。今まであんまりうまくいかなかったけど、ある日突然30代の奥さんとめくるめく夜を過ごせるようになる……なんてのも普通にあるよ。

早川　なるほど。それを夫婦で知っておくといいですね。もしかしたら「自分たちはダメだ」と思って離婚につながるパターンがあるかもしれないですから。

武井　ちなみに、おふたりがセックスを楽しいと思い始めたきっかけってなんですか？

石田　いや、男の人は最初から楽しいんだよ。でも女の人は羞恥とか疑問とか痛みとかで全然楽しくない。「なんでこんな変な格好をするの？」とか思っちゃって集中できないでしょう。

早川　本当ですよね。若い頃を振り返ると、相手も楽しいと思ってたけど……違うんですね。

武井　若い男の人って、最中に女性のこと全っ然見てないですもんね！

石田　それを見られるようになるのが、大人になるってことなんだよね。

医大合格を目指して浪人をしている友人から、ある日突然「合格したら俺の初体験を奪ってほしい」と言われました。最初は冗談かと思い軽く流していたのですが、どうやら本気の様子。「友人としか思えない」と断ると「じゃあせめてオナニーを見てほしい」と食い下がられてしまいました。やっぱり無理だと伝えましたが、正直少し気になっています。とはいえ彼とは友人関係でいたいのですが、今後どのように付き合っていけば良いでしょうか？（20歳・女性）

武井　もしかしたら、いざその場面になったら彼女のほうも盛り上がっちゃったりするかも？

石田　いやでもね、その可能性は低いと思うよ（笑）。だってこれだけ友達って強調して相談してきてるんだもん。よほど、彼は彼女の琴線《きんせん》に引っかからないんだよ。

武井　そっか〜。仲良しではあるけど。でも、見るのは興味ないって。

石田　でも逆のパターンもあるよね。全く好きではない相手だけど射精するところだけ見たい、みたいな子もいるじゃん。好奇心で。

武井　なるほどー。

石田 「医大生でこういう子がいるんだけど」って友達に話してみたら？　興味ある子いるんじゃない？
武井 そうですか〜!?　まだ20歳ですよ？　「えっキモ〜イ！」ってなりますよ！
石田 なんないよ〜。
武井 なるなる！（笑）。
石田 「キモ〜イ」って言うけど、内心「ちょっといいかも」と思う女性もいるよ。
武井 そういうもんですかね〜!?
早川 受験中の彼も彼女のことを本当に好きかどうか分からないですよね。あわよくば、という気持ちでこんなことを言い出してるのかも。
武井 確かに。心から好きな子にこんなこと言えるのかな？
早川 まぁ、20歳くらいだと言っちゃう気もするけどね。ノリで。
石田 あと、彼の場合は変わってるんだと思う。関係性ができてくるといきなりグイグイ距離を詰めてくるタイプなのかも。
早川 このグイグイくる感じを苦手って思う方もいれば、これだけ個性があるからハマるって方もいるかもしれないですね。
武井 「私のも見て！」っていう女の子だったらいいのかな。

石田　やっぱり、彼女の周りに「こういう子いるんだけど」って話してみたら？　面白そうだから会いたいって子が見つかるんじゃない？

武井　相談に対する回答としては「別の子を紹介する」（笑）。

早川　いや〜、こういう相談を聞くとつくづく、色んな性の形があるんだなぁと思いますね（笑）。

私は今までに一度も「恋愛」をしたことがありません。40代の既婚者なので、恋愛自体は来世の自分に達成してもらうとして、できなかった理由を解明したいと思っています。周りに魅力的な人はたくさんいますが、常に客観的で冷静で、嫉妬《しっと》もほぼしたことがありません。また、よほどの理由がなければ誰とでもセックスできます。ノーマルからアブノーマルまでいろいろなプレイを試してきましたが、心が伴わない体だけの関係ではすぐに飽《あ》きてしまいました。恋愛関係での没頭するようなセックスの気持ちよさを味わうまでは、死んでも死にきれないとも思っていましたが、時すでに遅し……。いつも自分優先で物事を考える性格が原因でしょうか？　それとも、男付き合いや異性関係を数多くもってきたのがいけなかったのでしょうか？（40代・女性）

石田 恋愛にも向き不向きがあって、この人は向いていない体質なんだろうなぁ。だから、無理やりすることもないんじゃない？　でも、もしもの話だけど、旦那が事故に遭《あ》って病院に担ぎ込まれたなんてことになったら、この人はめちゃくちゃに泣くと思うのよ。だから、燃えるような恋愛はしていなくても、彼女は彼女のやり方でちゃんと旦那を愛しているって可能性もあるよね。

武井 私はこういう人、憧《あこが》れます。客観的で冷静で嫉妬もほぼしたことがないなんて、自分と正反対。

石田 嫉妬をしないっていう時点で、恋愛向きの人じゃない感じがするね。でも、男付き合いや異性関係は多いってことだから交際は楽しめてるし、エッチもいっぱいしてきたんだよね。

武井 彼女が思う「恋愛」って一体どういうものなんでしょうね。

早川 賢《かしこ》すぎるのが原因とか？　ほら、恋愛って、馬鹿になって我を忘れて夢中になる……みたいなところがあるじゃないですか。そうなりきれずに、心の中にブレーキがかかってしまったとか。

石田 そうかもしれないね。この人は真剣に悩んでるわけだけど、僕はすごく人間らしくていいと思う。アメリカ映画に出てくる理想の家族みたいな「ちゃんと他人とつながっていて、家族の絆も本物で、とっても幸せです」みたいなのはしょせん嘘《うそ》っぱちじゃん。それに比べたら、まさに現代人って感じがして、血が通ってていい。人間誰しも完璧じゃないし、何かが欠けてしまうものだから、あらゆる経験を経て結婚も出産もして、たったひとつ恋愛だけが足りなかったんだって思えばいいんじゃないかな。

武井　そうですね。この人にはこの人なりの愛の形がある気がする。うーん、恋愛って……なんなんでしょうね。

付き合って6年になる、2歳年上の彼氏とのセックスの頻度に悩んでいます。付き合い始めの頃から全く冷めないまま、今でも週に5回、夜は2時間、朝は1時間かけてエッチをする毎日。彼は射精をコントロールすることができて、最中は私のことを気持ちよくしてくれますし、私自身もエッチが好きなタイプではあるのですが、正直疲れて困っています。2人でコスプレやおもちゃなどいろいろなプレイにチャレンジしていて、彼も私の積極性を喜んでくれるのは嬉しいのですが……。大好きな彼にどう打ち明けたら良いでしょうか？（27歳・女性）

石田 これはさすがに疲れるよなぁ（笑）。彼の場合はコントロールできることに自信を持っているようだから、これからは短時間でのコントロールをお願いしようよ。ＡＶ男優さんって、撮影中に監督が「今イッて」って合図を出したらちゃんとイケるというよね。なのでそれと同じことを試してもらおう。「２時間たっぷりするのは余裕がある時にして、30分でイケる日は時間内にイッて」って伝えて、実行してもらう。

武井 なるほど〜。でも、彼女の中に「こんなことを言ったら嫌われちゃうんじゃないか」っていう不安があると思うなぁ……。

石田 それもあるし、いつもノリノリで応じているので、突然態度を変えるのも嫌だし怖いだろうね。とはいえ、男性の愛情の半分はセックスでできているところがあるから、言葉にしないとずっとすれ違う気がするなあ。

武井 言いづらいことといえば、私、昔のカレに暴言を吐いた思い出があって。20代前半の頃に付き合ってたカレとのセックスが全然気持ちよくなくて、いつも早く終わってくれ、って思ってたんですね。そんなある日、ケンカになった勢いのまま「(テクニックを) 風俗行って勉強して来い！」って。

早川　ちょっと〜。いいキャラしてるなぁ（笑）。

石田　そもそも風俗じゃ勉強できないから。風俗のコも早く終わってくれと、きっと彼には思うよ。

武井　今の話は、はい。若気《わかげ》のいたりで。反省してます。

石田　セックスは男性だけの問題じゃないよ。女性も一緒に勉強するものでしょう。

武井　それは、今になって強く思いますね〜。

石田　そう考えると、相談をくれたこの人は今でもパートナーといい関係を築けてるよね。彼のほうも提案してくれて、コスプレやおもちゃを使ったりもしてるんでしょう。

早川　提案ができるって、そもそもいい関係ですもんね。

石田　やっぱり、きちんと話していくしかないと思う。

早川　彼女も苦痛とは思っていなくて、ただ体がしんどいっていう話ですからね。

石田　こういううまくいってる関係の時って、コスプレとかおもちゃとかプラスの提案はできるけど「休みたい」「そういう気分じゃない」っていうマイナスな主張はなんだか言えないいんだよね。

武井　「気分じゃない」って言われて、男の人って素直に受け止められるんですか？

早川 自尊心傷ついたり嫌になっちゃいません？

石田 普通に言ってくれれば気にならないよ。「(風俗で) 修業してこい！」って言われるよりは (笑)。いつもそう言われるとさすがに傷ついちゃうけど。

だからさ、あまりにも相手のことを考えすぎるのもよくないよね。彼女には「今日は疲れてる」っていうのをちゃんと言えるようになってほしいのと、2人で「30分で終わらせるすごいエッチ」を開発していってほしい。新日本プロレスの30分一本勝負みたいな感じの (笑)。彼は自分が気持ちよければいいっていうタイプではないから、短くても満足のいく形になると思うよ。

早川 性に関する話をカップル間でタブーにしないことが大切ですね。

石田 そうだね。しかしこんな相談がくるなんて、日本も捨てたもんじゃないなって思うなぁ。

武井 素敵な相談ですよね〜。

初出

七回目のデート――――――――――――――小説現代2009年1月号

ひとつになるまでの時間――――――――小説現代2009年3月号

遠花火――――――――――――――――――小説現代2009年7月号

ノッキン・オン・ヘブンズ・ドア―――小説現代2010年3月号

チェリー―――――――――――――――小説現代2010年6月号

黒髪クラブ―――――――――――――――小説現代2017年5月号

初めて彼を買った日――――――――――書下ろし

あの静かで特別な夏――――――――――北國新聞2020年8月29日

特別付録『大人の放課後ラジオ』恋愛相談

――――――――――ニコニコ動画、YouTubeの『大人の放課後ラジオ』

（出演／石田衣良、早川洋平、武井ひろな）

文庫化にあたり、一部改題・加筆訂正しました。

|著者| 石田衣良　1960年、東京都生まれ。'84年成蹊大学卒業後、広告制作会社勤務を経て、フリーのコピーライターとして活躍。'97年『池袋ウエストゲートパーク』で、第36回オール讀物推理小説新人賞を受賞し作家デビュー。2003年『4TEENフォーティーン』で第129回直木賞受賞。'06年『眠れぬ真珠』で第13回島清恋愛文学賞受賞。'13年『北斗　ある殺人者の回心』で第８回中央公論文芸賞受賞。

石田衣良のブックサロン「世界はフィクションでできている」主催
https://yakan-hiko.com/meeting/ishidaira/top.html

初《はじ》めて彼《かれ》を買《か》った日《ひ》
石《いし》田《だ》衣《い》良《ら》

講談社文庫
定価はカバーに
表示してあります

2021年１月15日第１刷発行

発行者――渡瀬昌彦
発行所――株式会社　講談社
東京都文京区音羽2-12-21　〒112-8001
電話　出版　(03)　5395-3510
　　　販売　(03)　5395-5817
　　　業務　(03)　5395-3615

デザイン―菊地信義
本文データ制作―講談社デジタル製作
印刷――――凸版印刷株式会社
製本――――株式会社国宝社

Printed in Japan

ISBN978-4-06-522145-7

講談社文庫刊行の辞

二十一世紀の到来を目睫に望みながら、われわれはいま、人類史上かつて例を見ない巨大な転換期をむかえようとしている。

世界も、日本も、激動の予兆に対する期待とおののきを内に蔵して、未知の時代に歩み入ろうとしている。このときにあたり、創業の人野間清治の「ナショナル・エデュケイター」への志を現代に甦らせようと意図して、われわれはここに古今の文芸作品はいうまでもなく、ひろく人文・社会・自然の諸科学から東西の名著を網羅する、新しい綜合文庫の発刊を決意した。

激動の転換期はまた断絶の時代である。われわれは戦後二十五年間の出版文化のありかたへの深い反省をこめて、この断絶の時代にあえて人間的な持続を求めようとする。いたずらに浮薄な商業主義のあだ花を追い求めることなく、長期にわたって良書に生命をあたえようとつとめるところにしか、今後の出版文化の真の繁栄はあり得ないと信じるからである。

同時にわれわれはこの綜合文庫の刊行を通じて、人文・社会・自然の諸科学が、結局人間の学にほかならないことを立証しようと願っている。かつて知識とは、「汝自身を知る」ことにつきていた。現代社会の瑣末な情報の氾濫のなかから、力強い知識の源泉を掘り起し、技術文明のただなかに、生きた人間の姿を復活させること。それこそわれわれの切なる希求である。

われわれは権威に盲従せず、俗流に媚びることなく、渾然一体となって日本の「草の根」をかたちづくる若く新しい世代の人々に、心をこめてこの新しい綜合文庫をおくり届けたい。それは知識の泉であるとともに感受性のふるさとであり、もっとも有機的に組織され、社会に開かれた万人のための大学をめざしている。大方の支援と協力を衷心より切望してやまない。

一九七一年七月

野間省一

講談社文庫 最新刊

石田衣良
初めて彼を買った日
「娼年」シリーズのプレストーリーとなる表題作を含む8編を収めた、魅惑の短編集!

平尾誠二・惠子
山中伸弥
友 情
〈平尾誠二と山中伸弥「最後の約束」〉
親友・山中伸弥と妻による平尾誠二のがん闘病記。「僕は山中先生を信じると決めたんや」

有沢ゆう希
原作：金田一蓮十郎
脚本：徳永友一
小説 ライアー×ライアー
義理の弟が恋したのは、JKのフリした〝私〟?2人なのに三角関係な新感覚ラブストーリー!

岡本さとる
駕《か》籠《ご》屋《や》春秋 新三《しんざ》と太十《たじゅう》
悩めるお客に美男の駕籠舁《か》き二人が一肌脱いで……。人情と爽快感が溢れる時代小説開幕!

高田崇史
鬼棲む国、出雲
〈古事記異聞〉
出雲神話に隠された、教科書に載らない「敗者の歴史」を描く歴史ミステリー新シリーズ。

神楽坂 淳
帰蝶さまがヤバい 1
斎藤道三の娘・帰蝶が、自ら織田信長に嫁ぐことを決めた。新機軸・恋愛歴史小説!

斎藤千輪
神楽坂つきみ茶屋
〈禁断の盃《さかずき》と絶品江戸レシピ〉
幼馴染に憑《つ》いたのは、江戸時代の料理人!? 面白さ天下一品の絶品グルメ小説シリーズ、開幕!

本多孝好
チェーン・ポイズン
〈新装版〉
「その自殺、一年待ってくれませんか?」生きる意味を問いかける、驚きのミステリー。

横関 大
炎上チャンピオン
元プロレスラーが次々と襲撃される謎の事件に、夢を失っていた中年男が立ち上がる!

講談社文庫 最新刊

千野隆司
追跡
父の死は事故か、殺しか。夢破れた若者の心は、復讐に燃え上がる。涙の傑作時代小説！

新美敬子
猫のハローワーク2
世界で働く猫たちが仕事内容を語ってくれる。写真満載のシリーズ第2弾。〈文庫書下ろし〉

田牧大和
大福三つ巴〈宝来堂うまいもん番付〉
江戸のうまいもんガイド、番付を摺《す》る板元が「大福番付」を出すことに。さて、どう作る？

輪渡颯介
別れの霊祠〈溝猫長屋　祠之怪〉
あのお紺に縁談が？　幽霊が〝わかる〟忠次らは婿候補を調べに行くが。シリーズ完結巻！

久賀理世
奇譚蒐集家　小泉八雲〈白衣の女〉
のちに日本に渡り『怪談』を著す、若き日の小泉八雲が大英帝国で出遭う怪異と謎。

吉川永青
雷雲の龍〈会津に吼える〉
幕末の剣豪・森要蔵《もりようぞう》。なぜ時代の趨勢《すうせい》に抗い白河城奪還のため新政府軍と戦ったのか？

創刊50周年新装版

折原一
倒錯のロンド〈完成版〉
推理小説新人賞の応募作が盗まれた。盗作者との息詰まる攻防を描く倒錯のミステリー！

法月綸太郎
誰《たそ》彼《がれ》〈新装版〉
脅迫状。密室から消えた教祖。首なし死体。驚愕の真相に向け、数々の推理が乱れ飛ぶ！

原田宗典
スメル男〈新装版〉
都内全域を巻き込む異臭騒ぎ。ぼくの体から強烈な臭いが放たれ……名作が新装版に！

講談社文芸文庫

坪内祐三
慶応三年生まれ　七人の旋毛《つむじ》曲り
解説＝森山裕之　年譜＝佐久間文子
漱石・外骨・熊楠・露伴・子規・紅葉・緑雨とその時代
幕末動乱期、同じ年に生を享けた漱石、外骨、熊楠、露伴、子規、紅葉、緑雨。膨大な文献を読み込み、咀嚼し、明治前期文人群像を自在な筆致で綴った傑作評論。
978-4-06-522275-1　つL1

十返　肇
「文壇」の崩壊　坪内祐三編
解説＝坪内祐三　年譜＝編集部
昭和という激動の時代の文学の現場に、生き証人として立ち会い続けた希有なる評論家、十返肇——。今なお先駆的かつ本質的な、知られざる豊饒の文芸批評群。
978-4-06-290307-3　とJ1

講談社文庫　目録

伊坂幸太郎　モダンタイムス(上)(下)
伊坂幸太郎　P　K
伊坂幸太郎　サブマリン
絲山秋子　袋小路の男
石黒　耀　死都日本
石黒　耀　震災列島
石黒　耀　忠臣蔵異聞〈家老　大野九郎兵衛の長い仇討ち〉
犬飼六岐　筋違い半介
犬飼六岐　吉岡清三郎貸腕帳
石川大我　ボクの彼氏はどこにいる？
石松宏章　マジでガチなボランティア
伊東　潤　国を蹴った男
伊東　潤　峠　越　え
伊東　潤　黎明に起《た》つ
伊東　潤　池田屋乱刃
石飛幸三　「平穏死」のすすめ〈口から食べられなくなったらどうしますか〉
伊藤理佐　女のはしょり道
伊藤理佐　また！　女のはしょり道
石黒正数　外《げ》天《てん》楼《ろう》

伊与原　新　ルカの方舟《はこぶね》
伊与原　新　コンタミ　科学汚染
稲葉圭《よし》昭《あき》　恥　さ　ら　し〈北海道警　悪徳刑事の告白〉
稲葉博《ひろ》一《いち》　忍　者　烈　伝
稲葉博一　忍者烈伝ノ続
稲葉博一　忍者烈伝ノ乱〈天之巻〉〈地之巻〉
伊岡　瞬　桜の花が散る前に
石川智健　エウレカの確率〈経済学捜査員　伏見真守〉
石川智健　エウレカの確率〈よくわかる殺人経済学入門〉
石川智健　エウレカの確率〈経済学捜査と殺人の効用〉
石川智健　60《ロクジュウ》〈誤判対策室〉
石川智健　第三者隠蔽機関
井上真《ま》偽《ぎ》　その可能性はすでに考えた
井上真偽　聖女の毒杯〈その可能性はすでに考えた〉
井上真偽　恋と禁忌の述語論理《プレディケット》
泉　ゆたか　お師匠さま、整いました！
伊兼源太郎　地　検　の　S
内田康夫　シーラカンス殺人事件
内田康夫　パソコン探偵の名推理

内田康夫　「横山大観」殺人事件
内田康夫　江田島殺人事件
内田康夫　琵琶湖周航殺人歌
内田康夫　夏　泊　殺　人　岬
内田康夫　「信濃の国」殺人事件
内田康夫　風　葬　の　城
内田康夫　透　明　な　遺　書
内田康夫　鞆《とも》の浦《うら》殺人事件
内田康夫　終幕《フィナーレ》のない殺人
内田康夫　御堂筋殺人事件
内田康夫　記憶の中の殺人
内田康夫　北国街道殺人事件
内田康夫　「紅藍《くれない》の女《ひと》」殺人事件
内田康夫　「紫《むらさき》の女《ひと》」殺人事件
内田康夫　藍色回廊殺人事件
内田康夫　明日香の皇子
内田康夫　華の下にて
内田康夫　博多殺人事件
内田康夫　黄金の石橋

内田康夫 金沢殺人事件
内田康夫 朝日殺人事件
内田康夫 湯布院殺人事件
内田康夫 釧路湿原殺人事件
内田康夫 貴賓室の怪人〈「飛鳥」編〉
内田康夫 イタリア幻想曲 貴賓室の怪人2
内田康夫 靖国への帰還
内田康夫 若狭殺人事件
内田康夫 化生の海
内田康夫 不等辺三角形
内田康夫 ぼくが探偵だった夏
内田康夫 怪談の道
内田康夫 逃げろ光彦〈内田康夫と5人の女たち〉
内田康夫 皇女の霊柩
内田康夫 悪魔の種子
内田康夫 戸隠伝説殺人事件
内田康夫 歌わない笛
内田康夫 新装版 死者の木霊
内田康夫 新装版 漂泊の楽人

内田康夫 新装版 平城山《ならやま》を越えた女
内田康夫 秋田殺人事件
内田康夫 孤道
和久井清水 孤道 完結編〈金色の眠り〉
歌野晶午 死体を買う男
歌野晶午 安達ヶ原の鬼密室
歌野晶午 新装版 長い家の殺人
歌野晶午 新装版 白い家の殺人
歌野晶午 新装版 動く家の殺人
歌野晶午 密室殺人ゲーム王手飛車取り
歌野晶午 新装版 ROMMY 越境者の夢
歌野晶午 増補版 放浪探偵と七つの殺人
歌野晶午 新装版 正月十一日、鏡殺し
歌野晶午 密室殺人ゲーム2.0
歌野晶午 密室殺人ゲーム・マニアックス
歌野晶午 魔王城殺人事件
内館牧子 終わった人
内田洋子 皿の中に、イタリア
宇江佐真理 泣きの銀次

宇江佐真理 晩鐘〈続・泣きの銀次〉
宇江佐真理 虚ろ舟〈泣きの銀次参之章〉
宇江佐真理 室の梅〈おろく医者覚え帖〉
宇江佐真理 涙堂〈琴女《ことじょ》癸酉《きゆう》日記《にっき》〉
宇江佐真理 あやめ横丁の人々
宇江佐真理 卵のふわふわ〈八丁堀喰い物草紙・江戸前でもなし〉
宇江佐真理 日本橋本石町やさぐれ長屋
浦賀和宏 眠りの牢獄
浦賀和宏 時の鳥籠(上)(下)
浦賀和宏 頭蓋骨の中の楽園(上)(下)
上野哲也 五五五文字の巡礼〈魏志倭人伝トーク 地理篇〉
魚住昭 渡邉恒雄 メディアと権力
魚住昭 野中広務 差別と権力
魚住直子 非・バランス
魚住直子 未・フレンズ
魚住直子 ピンクの神様
上田秀人 密封〈奥右筆秘帳〉
上田秀人 国禁〈奥右筆秘帳〉
上田秀人 侵蝕〈奥右筆秘帳〉

講談社文庫　目録

上田秀人　継承〈奥右筆秘帳〉
上田秀人　簒《さん》奪《だつ》〈奥右筆秘帳〉
上田秀人　秘闘〈奥右筆秘帳〉
上田秀人　隠密〈奥右筆秘帳〉
上田秀人　刃傷〈奥右筆秘帳〉
上田秀人　召《めし》抱《かかえ》〈奥右筆秘帳〉
上田秀人　墨《ぼっ》痕《こん》〈奥右筆秘帳〉
上田秀人　天下〈奥右筆秘帳〉
上田秀人　決戦〈奥右筆秘帳〉
上田秀人　前夜〈奥右筆外伝〉
上田秀人　軍師の挑戦〈上田秀人初期作品集〉
上田秀人　天主信長〈表〉〈我こそ天下なり〉
上田秀人　天主信長〈裏〉〈天を望むなかれ〉
上田秀人　波乱〈百万石の留守居役㈠〉
上田秀人　思惑〈百万石の留守居役㈡〉
上田秀人　新参〈百万石の留守居役㈢〉
上田秀人　遺臣〈百万石の留守居役㈣〉
上田秀人　密約〈百万石の留守居役㈤〉
上田秀人　使者〈百万石の留守居役㈥〉

上田秀人　貸借〈百万石の留守居役㈦〉
上田秀人　参勤〈百万石の留守居役㈧〉
上田秀人　因果〈百万石の留守居役㈨〉
上田秀人　忖《そん》度《たく》〈百万石の留守居役㈩〉
上田秀人　騒動〈百万石の留守居役(十一)〉
上田秀人　分断〈百万石の留守居役(十二)〉
上田秀人　舌戦〈百万石の留守居役(十三)〉
上田秀人　愚劣〈百万石の留守居役(十四)〉
上田秀人　布石〈百万石の留守居役(十五)〉
上田秀人　乱麻〈百万石の留守居役(十六)〉
上田秀人　梟《ふくろう》の系譜〈宇喜多四代〉
上田秀人　竜は動かず　奥羽越列藩同盟顛末　㊤万里波濤編　㊦帰郷奔走編
内田樹　下流志向〈学ばない子どもたち　働かない若者たち〉
内田樹　釈徹宗　現代霊性論
上橋菜穂子　獣の奏者　Ⅰ闘蛇編
上橋菜穂子　獣の奏者　Ⅱ王獣編
上橋菜穂子　獣の奏者　Ⅲ探求編
上橋菜穂子　獣の奏者　Ⅳ完結編
上橋菜穂子　獣の奏者〈外伝　刹那〉

上橋菜穂子　物語ること、生きること
上橋菜穂子　明日は、いずこの空の下
海猫沢めろん　愛についての感じ
海猫沢めろん　キッズファイヤー・ドットコム
冲方丁　戦の国
遠藤周作　ぐうたら人間学
遠藤周作　聖書のなかの女性たち
遠藤周作　さらば、夏の光よ
遠藤周作　最後の殉教者
遠藤周作　反逆㊤㊦
遠藤周作　ひとりを愛し続ける本
遠藤周作　深い河《ディープ・リバー》
遠藤周作　周作塾〈読んでもタメにならないエッセイ〉
遠藤周作　新装版　海と毒薬
遠藤周作　新装版　わたしが・棄てた・女
江波戸哲夫　新装版　銀行支店長
江波戸哲夫　集団左遷
江波戸哲夫　新装版　ジャパン・プライド
江波戸哲夫　起業の星

大沢在昌 鏡の顔〈傑作ハードボイルド小説集〉
大沢在昌／藤田宜永／堂場瞬一／井上夢人／今野敏／月村了衛／東山彰良 激動 東京五輪1964
逢坂 剛 十字路に立つ女
逢坂 剛 重《じゅう》蔵《ぞう》始《し》末《まつ》
逢坂 剛 じぶくり伝兵衛〈重蔵始末㈡〉
逢坂 剛 猿曳遁兵衛〈重蔵始末㈢〉
逢坂 剛 嫁盗み〈重蔵始末㈣長崎篇〉
逢坂 剛 陰の声〈重蔵始末㈤長崎篇〉
逢坂 剛 北門の狼〈重蔵始末㈥蝦夷篇〉
逢坂 剛 逆浪《げきろう》果つるところ〈重蔵始末㈦蝦夷篇〉
逢坂 剛 奔流恐るるにたらず〈重蔵始末㈧完結篇〉
逢坂 剛 新装版 カディスの赤い星(上)(下)
逢坂 剛 さらばスペインの日日(上)(下)
オノ・ヨーコ 飯村隆彦編 ただの私《あたし》
オノ・ヨーコ 南風椎訳 グレープフルーツ・ジュース
折原 一 倒錯のロンド
折原 一 倒錯の死角〈201号室の女〉
折原 一 倒錯の帰結
小川洋子 ブラフマンの埋葬
小川洋子 最果てアーケード
小川洋子 琥珀のまたたき
小川洋子 密やかな結晶〈新装版〉
乙川優三郎 霧の橋
乙川優三郎 喜知次
乙川優三郎 蔓の端々
乙川優三郎 夜の小紋
恩田 陸 三月は深き紅の淵を
恩田 陸 麦の海に沈む果実
恩田 陸 黒と茶の幻想(上)(下)
恩田 陸 黄昏の百合の骨
恩田 陸 『恐怖の報酬』日記〈酩酊混乱紀行〉
恩田 陸 きのうの世界(上)(下)
恩田 陸 七月に流れる花／八月は冷たい城
奥田英朗 新装版 ウランバーナの森
奥田英朗 最悪
奥田英朗 邪魔(上)(下)
奥田英朗 マドンナ
奥田英朗 ガール
奥田英朗 サウスバウンド
奥田英朗 オリンピックの身代金(上)(下)
奥田英朗 ヴァラエティ
乙武洋匡 五体不満足〈完全版〉
大崎善生 聖《さとし》の青春
大崎善生 将棋の子
小川恭一 江戸の旗本事典〈歴史・時代小説ファン必携〉
奥泉 光 プラトン学園
奥泉 光 シューマンの指
奥泉 光 ビビビ・ビ・バップ
折原みと 制服のころ、君に恋した。
折原みと 時《とき》の輝き
折原みと 幸福のパズル
大城立裕 小説 琉球処分(上)(下)
太田尚樹 満州裏史〈甘粕正彦と岸信介が背負ったもの〉
太田尚樹 世紀の愚行〈太平洋戦争・日米開戦前夜〉
大島真寿実 ふじこさん
大泉康雄 あさま山荘銃撃戦の深層(上)(下)
大山淳子 猫弁〈天才百瀬とやっかいな依頼人たち〉

加納朋子　ガラスの麒麟
角田光代　まどろむ夜のUFO
角田光代　恋するように旅をして
角田光代　庭の桜、隣の犬
角田光代　人生ベストテン
角田光代　ロック母
角田光代　彼女のこんだて帖
角田光代　ひそやかな花園
川端裕人　せちやん〈星を聴く人〉
川端裕人　星と半月の海
片川優子　ジョナさん
片川優子　ただいまラボ
神山裕右　カタコンベ
神山裕右　炎の放浪者
加賀まりこ　純情ババアになりました。
門田隆将　甲子園への遺言〈伝説の打撃コーチ高畠導宏の生涯〉
門田隆将　甲子園の奇跡〈斎藤佑樹と早実百年物語〉
門田隆将　神宮の奇跡
鏑木　蓮　東京ダモイ
鏑木　蓮　屈折光
鏑木　蓮　時限
鏑木　蓮　真友
鏑木　蓮　甘い罠
鏑木　蓮　京都西陣シェアハウス〈憎まれ天使・有村志穂〉
鏑木　蓮　炎罪
鏑木　蓮　疑薬
川上未映子　そら頭はでかいです、世界がすこんと入ります
川上未映子　わたくし率 イン 歯ー、または世界
川上未映子　ヘヴン
川上未映子　すべて真夜中の恋人たち
川上未映子　愛の夢とか
川上弘美　ハヅキさんのこと
川上弘美　晴れたり曇ったり
川上弘美　大きな鳥にさらわれないよう
海堂　尊　外科医　須磨久善
海堂　尊　新装版 ブラックペアン1988
海堂　尊　ブレイズメス1990
海堂　尊　スリジエセンター1991
海堂　尊　死因不明社会2018
海堂　尊　極北クレイマー2008
海堂　尊　極北ラプソディ2009
海堂　尊　黄金地球儀2013
海道龍一朗　室町耽美抄 花鏡
門井慶喜　パラドックス実践 雄弁学園の教師たち
門井慶喜　銀河鉄道の父
梶よう子　迷子石
梶よう子　ふくろう
梶よう子　ヨイ豊《とよ》
梶よう子　立身《りっしん》いたしたく候《そうろう》
梶よう子　北斎まんだら
川瀬七緒　よろずのことに気をつけよ
川瀬七緒　法医昆虫学捜査官
川瀬七緒　シンクロニシティ〈法医昆虫学捜査官〉
川瀬七緒　水《みな》底《そこ》の棘《とげ》〈法医昆虫学捜査官〉
川瀬七緒　メビウスの守護者〈法医昆虫学捜査官〉
川瀬七緒　潮騒のアニマ〈法医昆虫学捜査官〉
川瀬七緒　紅のアンデッド〈法医昆虫学捜査官〉

講談社文庫　目録

川瀬七緒　フォークロアの鍵
風野真知雄　隠密　味見方同心(一)〈くじらの姿焼き騒動〉
風野真知雄　隠密　味見方同心(二)〈干し卵不思議味〉
風野真知雄　隠密　味見方同心(三)〈幸せの小福餅〉
風野真知雄　隠密　味見方同心(四)〈恐怖の流しそうめん〉
風野真知雄　隠密　味見方同心(五)〈フグの毒鍋〉
風野真知雄　隠密　味見方同心(六)〈鱧《はも》の闇鍋〉
風野真知雄　隠密　味見方同心(七)〈絵巻寿司〉
風野真知雄　隠密　味見方同心(八)〈ふふふの魅〉
風野真知雄　隠密　味見方同心(九)〈殿さま漬け〉
風野真知雄　潜入　味見方同心(一)〈恋のぬるぬる膳〉
風野真知雄　潜入　味見方同心(二)〈陰膳だらけの宴《うたげ》〉
風野真知雄　昭和探偵1
風野真知雄　昭和探偵2
風野真知雄　昭和探偵3
風野真知雄　昭和探偵4
カレー沢薫　負ける技術
カレー沢薫　もっと負ける技術〈カレー沢薫の日常と退廃〉
カレー沢薫　非リア王

神楽坂淳　うちの旦那が甘ちゃんで
神楽坂淳　うちの旦那が甘ちゃんで2
神楽坂淳　うちの旦那が甘ちゃんで3
神楽坂淳　うちの旦那が甘ちゃんで4
神楽坂淳　うちの旦那が甘ちゃんで5
神楽坂淳　うちの旦那が甘ちゃんで6
神楽坂淳　うちの旦那が甘ちゃんで7
神楽坂淳　うちの旦那が甘ちゃんで8
神楽坂淳　うちの旦那が甘ちゃんで9
加藤元浩　捕まえたもん勝ち!〈七夕菊乃の捜査報告書〉
加藤元浩　量子人間《クォンタムマン》からの手紙〈捕まえたもん勝ち!〉
梶永正史　銃の啼《な》き声〈潔癖刑事・田島慎吾〉
梶永正史　潔癖刑事　仮面の哄笑《こうしょう》
川内有緒　晴れたら空に骨まいて
神永学　悪魔と呼ばれた男
岸本英夫　死を見つめる心〈ガンとたたかった十年間〉
北方謙三　汚名の広場
北方謙三　試みの地平線〈伝説復活編〉
北方謙三　抱影

菊地秀行　魔界医師メフィスト〈怪屋敷〉
桐野夏生　新装版　顔に降りかかる雨
桐野夏生　新装版　天使に見捨てられた夜
桐野夏生　新装版　ローズガーデン
桐野夏生　OUT(上)(下)
桐野夏生　ダーク(上)(下)
桐野夏生　猿の見る夢
京極夏彦　文庫版　姑獲鳥《うぶめ》の夏
京極夏彦　文庫版　魍魎《もうりょう》の匣《はこ》
京極夏彦　文庫版　狂骨《きょうこつ》の夢《ゆめ》
京極夏彦　文庫版　鉄鼠《てっそ》の檻《おり》
京極夏彦　文庫版　絡新婦《じょろうぐも》の理《ことわり》
京極夏彦　文庫版　塗仏《ぬりぼとけ》の宴《うたげ》─宴の支度
京極夏彦　文庫版　塗仏の宴─宴の始末
京極夏彦　文庫版　百鬼夜行─陰
京極夏彦　文庫版　百器徒然袋─雨
京極夏彦　文庫版　百器徒然袋─風
京極夏彦　文庫版　今昔続百鬼─雲
京極夏彦　文庫版　陰摩羅鬼《おんもらき》の瑕《きず》

2020年12月15日現在